아침책상 산문선 01

지란지교를 꿈꾸며

유안진

유안진

안동 출생. 서울대 사범대 및 동대학원(교육심리학)과 미국 Florida State University에서 학위(Ph.D) 취득. 현재 서울대 명예교수, 대한민국예술원 회원. 한국시인협회 고문.
1965년『현대문학』으로 등단. 첫 시집『달하』를 비롯,『거짓말로 참말하기』,『다보탑을 줍다』,『둥근 세모꼴』등 17권과『세한도 가는 길』등 다수의 시선집과『지란지교를 꿈꾸며』등 다수의 산문집.『한국전통 아동심리요법』,『한국전통아동놀이』,『한국전통사회의 육아방식』,『한국전통사회의 유아교육』등의 민속연구서와 속요집,『딸아딸아 연지 딸아』상재.
한국시협상, 정지용문학상, 소월문학상특별상, 목월문학상, 월탄문학상, 한국펜문학상, 구상문학상, 공초문학상, 김달진문학상, 김삿갓문학상 등 수상.

아침책상 산문선 01

지란지교를 꿈꾸며

2014년 1월 20일   초판 1쇄 발행
2019년 4월 5일   초판 4쇄 발행
2021년 5월 14일 개정판 1쇄 발행
2024년 10월 21일 개정판 4쇄 발행

지 은 이 · 유안진
펴 낸 이 · 최단아
펴 낸 곳 ·【아침책상】
인 쇄 소 · ㈜ 상지사
주   소 · 서울시 서초구 서초중앙로18, 504호
                    (서초동, 쌍용플래티넘)
전   화 · 02-928-7016
팩   스 · 02-922-7017
이 메 일 · lyricpoetics@gmail.com
출판등록 · 209-91-66271

ISBN 979-11-88903-73-3   03810

계좌번호: 국민 070101 04-072847   최단아(시징시학)

값 14,000원

지란지교를 꿈꾸며

【아침책상】

<개정판>

머리말

37년씩이나 사랑받다니 무한감사할 뿐

저녁밥을 지으러 쌀을 씻는데 전화가 울렸다. 문학사상사 편집장이 내일 아침까지 15매를 써 달라 했다. 땜통원고! 아무리 땜통이라도 하룻밤은 너무하잖아 그 문예지에서 원고청탁 받아본 적 있었나? 슬프고 화나고 불쾌 한심했으나, 기회라면? 비굴한 계산들로 혼란스러웠다.

내 쓰기 버릇은 통행금지시간, 소음 없는 12시에서 새벽 4시까지다. 그 시간을 기다리느라고 조청처럼 진하게 탄 커피만 마셔댔다. 이렇게라도 써지는 글이 누군가에게 좋게 읽히기를, 화살기도가 스쳤던가? 광고이면지에 쓰고 썼다. 퇴고에 퇴고를 거듭하고는 원고지에 옮기느라, 통금해제 싸이렌도 못 들었다. 첫 교시 강의가 있어, 아침준비와 아이들 도시락 두개를 싸놓고, 서둘러 택시로 경복궁 앞 정부종합청사 뒤에 있는 문학사상사로 갔다. 너무 이른 시간이라 닫힌 문 밑으로 원고를 밀어 넣고, 곧바로 관악캠퍼스로 가니 첫 시간

강의에 넉넉했다.

'83년 3월호에 내 글이 실렸는데, 그달부터 특강과 원고청탁이 쏟아졌다. 어떻게 나를 아느냐니까 「지란지교를 꿈꾸며」가 손필사로 등사기로 복사되어 동창생들과 친구들을 오간다고 했다. 어느 해 초여름이었나? 중1학년의 아들이 편지봉투 하나를 내밀며, 엄마의 글이냐? 동명이인의 글이냐? 고 했다. 교생실습을 끝내고 떠나시는 교생선생님들이 운동장에 모인 전교생들에게 마이크로 이 글을 읽어주는 것으로 작별인사를 했고, 전교생들에게 편지 편지봉투 하나씩 주셨는데, 열어보니 「지란지교~」였다고.

여러 문우들이 일러줬다. MBC라디오에서, 작고한 이종환 피디께서 그 글을 읽었다고. 물론 방송은 못 들었지만. 어느 특강에서 한 여성이 불평 비슷이, 내 글 때문에 자기 아들이 너무 고생한다고. 나이를 물었더니 초등학교 5학년이라 했다. 그 어린 나이에 산전수전 겪고 사는 중년의 내 글을 이해할 수 있겠나? 외우지 말라고 했더니, 담임선생님이 무조건 암송하라고, 그래야 자라가며 회상하게 된다고 강요했다나. 출판사들이 파주 문발리로 이사하던 때였다. ㅅ 출판사가 새 건물을 지어, 입주식에 나도 갔다. 사장님이 하객들에게 인사하는 중에, 이 건물은 유안진시인의 「지란지교~」 덕분이 크다고, 창고에서 지게차로 「지란지교~」를 옮겼다고, 뒤에 서있던 나는 그 말과 쏠리는 시선에 안절부절했다.

어느 해인가 교사연수교육에서 강의를 했는데, 강의 후 몇 분 선생님들이, 왜 교과서에 「지란지교~」가 없느냐고 물었다. 그건 교과서 편성위원들의 일이라고 웃어넘겼다. 또 대학원생들과 세미나 후

사담 중에, 재수 학원에 다녔던 애기를 나누다가, ㄷ학원과 ㅈ학원에서 아침 공부 시작 전에는, 전체방송으로 내 글 한편씩을 읽어준 다음에야 하루공부를 시작했다고, 그때 나를 알게 되었다고 했다. "진즉 그 말 해주었어야지, 두 대형입시학원에 감사전화라도 하지, 대학원생이 되어서야 알려주느냐?고 원망농담도 했다. 어느 졸업생이 찾아와, 겨우 취직한 데가 문구회사인데, 내 글을 노트 등 겉표지에 몇 줄 사용하고 싶어, 제자인 자기를 보냈다고 애원하는 표정이길래 허락했더니, 우리 집 애들이 사와서 보여주는데, 차마 볼 수가 없어 늘 못 본 채 했다. 때로 사춘기의 자녀들이 그 글을 읽고 마음잡았다거나, 엄마아빠도 아이와 같이 읽어보니 좋았다는 전화도 많아, 참으로 민망하고 면구스러웠다.

몇 년 전에는, 낯선 신부님이 오시어 그곳 성당이 너무 낡아 개축지원을 부탁하러 서울의 큰 성당인 우리성당에 오셨다고, 그날 그 신부님의 미사강론은 「지란지교~」 전문을 읽어주시는 것이었다. 성령강림기간 중 묵상시간을 갖는데 묵상 중에 「지란지교~」를 나직이 읽으신 신부님도 계셨다. 물론 내가 거기 있는 줄은 모르셨겠지만, 나는 죽을 맛이었다.

강원도 험지에서 탈북인들과 함께 생태운동을 하시는 돈 보스코 생태마을의 황창연 신부님은, 자연농법으로 키운 콩으로 만든 청국장가루를 해외교민들이 더 많이 주문한다고 하시면서, 중학교 2학년 때 나를 만났다고 하셨다. 황당하다는 내 표정에, 신부님은 중학교 2학년 어느 아침에 담임선생님이 출석부를 들고 오시어, 출석은 안 부르시고 「지란지교~」를 읽어주셨는데, 지금에야 얼굴로 만났다고 웃으셨다. 서예전에서 「지란지교~」를 쓴 병풍을 봤다는 이들과, 족자나 가리개도 봤다거나, 목판각 전시회에 그 글이 있더라는 얘기는 지난해까지도 들었다. 하와이대학과 오하이오대학의 동아시아학과 교과서에 영역으로 게재되었고, 일본어로도 여러분이 번역해서 여러 잡지에 실렸다고도 했고, 그 글을 주고받다가 결혼하게 되었다는 전화도 받은 적 있었다. 여러 방송에서 몇 구절씩 언급도 많았고, 여러 신문에서도 길게 짧게 인용되기도 했으나, 저작권법이 생겨 좀 뜸했는데, 지난해('19) 한국일보 12월 2일자 논설에서 김지은 위원께서 논설로 쓰셨단다.

37년 동안의 수많은 일화는 기억도 할 수 없이 많아, 글에도 운명이 있는가? 초빙 받은 방송 때마다 하는 내 말이다. 나는 시인인데, 아직 대표시를 못쓴 탓인지, 하룻밤에 쓴 글이 대표 글이 되어, <지란지교의 시인 유안진>이라는 현수막을 볼 때마다 만감이 교차된다. "좋은 시도 많은데, 지란지교가 너무 뛰어나, 시인으로서는 손해"라는 우정 깊은 촌평도 들어왔다.

읽어주는 것만도 고마운데, 변변한 광고 한번 없이, 37년씩이나 꾸준히 팔려 읽히다니, 그저 감사할 뿐, 세기가 바뀐 긴 세월 동안, 읽어주신 독자분들의 건강과 만사형통을 진심으로 빌며, 이렇게 감사인사를 대신하게 되어 더욱 면구스러울 따름이다.

2020년 가을 지란지교를 회고하며
유안진

독자들께 무한한 감사와 경의로

몇 년 전부터 우리 중·고등학교 교과서 9권에 「지란지교를 꿈꾸며」
「사투리 사전을 만들자」 등 산문 4편과 「세한도 가는 길」의 시가 게
재되었다고 게재료를 보내와서, 받을 때마다 낯이 뜨뜻해지면서도
기분은 썩 좋아지곤 했다.

중학생 아들이 편지 한 통을 내밀었다. 열어보니 내가 쓴 글 「지
란지교를 꿈꾸며」의 전문이 인쇄되어 있었다. 교생실습 나오셨던 교
생선생님들이 실습을 끝내고 돌아가시면서 전교생에게 편지 한 통
씩을 주시며 꼭 외우라고 했는데, '엄마가 쓴 글이냐 동명이인 다른
분의 글이냐'고 물은 적이 있었다. 그 아들이 30대 중반이 되었으니
세월이 한참 흘렀다.

그러나 아직도 시아버님 되실 분이 너무 좋아하시는 글인데, 붓
글씨로 써서 받고 싶다는 예비신부들이 있어 놀라기도 한다. 어쩌다
만나는 분들은 타자학원에서 타자를 배울 때 교본 글로 사용하여
외우게 되었다는 군인들이나 직장인들도 있고, 재수할 때 학원에서

아침마다 묵상시간에 저의 수필 한 편씩을 방송으로 읽어주었는데, 왠지 위로와 힘이 되었다는 학생들이 있었다. 진즉 알았더라면 그 학원에 감사전화라도 했을 텐데, 왜 이제 알려 주느냐고 했던 적도 몇 번 있었다. 신부님들이 신학교 철학시간에 숙제 교재를 읽고 감동했다고 하고 심지어는 강론시간에 읽어주시기도 했다.

몇 주 전 특강 뒤 질문시간에 젊은 여성 한 분이 알려줬다. 자기 아들이 내 글을 외우느라고 너무 힘들어 한다고. 엄마가 하도 젊어 보여서 몇 학년이냐고 물었더니 초등학교 5학년이라고 했다. 기가 막혔다. 그 어린아이가 마흔 넘어 쓴 내 글에 어떻게 공감할 수 있느냐고 하자, 담임선생님이 너무 좋아서 강제로 암송하게 한다고, 그 덕에 그 엄마도 읽게 되었다고 했다. 서예전에서 내 글의 전문을 쓴 병풍을 보았다거나, 족자로 걸려 있기도 했다고 들었고, 하와이 대학에서 영문으로 번역하여 교재로 삼는다고 저자 승인을 요청했으며, 주한 일본문화원에 근무하시는 일본외교관 한 분이 일어로 번역해 보내주시는 등등… 참으로 황송했다.

가끔씩 마주치곤 한다. 동행들이 옆구리를 찔러 내다보게도 된다. "찻집 지란지교" "연구까페 지란지교" "지란지교 싸이트" "주소록 지란지교" "우리사이 지란지교를 위하여" 등등이다. 전화로 허락을 청하는 이들, 동창회 주소록 한 권을 보내신 분, 인터넷 사이트에 꼭 들러달라는 분, 찻집이나 경양식집, 한정식집에서 보았다는 분들, 책받침, 노트의 뒤표지, 연필에 새겨진 몇 구절이 새삼 좋았다는 분들, 지금이야말로 "실패할 수 있는 용기"가 필요한 때라며 왜 쓰지 않느냐는 분들… 근 30년 가까이 변변치 못한 글들이 많은 사랑을 받아왔다.

　세월은 사람도 변하게 하여, 詩 외에는 거의 쓰지 않으니 쓰는 부담에서 자유로워 너무 좋은데, 몇몇 분의 독자께서는 쓰지 않으려면 기존의 글을 모아 선집으로 묶어주면, 안부 인사나 입학이나 졸업선물로 사용하고 싶다고 했으나, 젊을 때 겁 없이 쓴 글이라 적지 아니 부끄럽기도 하여 망설였다. 그러는 중에 독자 몇 분이 각자가 좋아하는 글을 기꺼이 뽑아주시는 수고를 해 주셨으나 분량이 너무 많아, 딱 한 권으로 줄여서 이 책이 묶여진다. 읽어주신 독자들 모두께 넘치는 감사의 말을 찾지 못해 안타까울 뿐이다.

2011년 눈부신 가을날
시인 유안진 삼가 쓰다.

차 례

제1부 오직 한 사람

제2부 미루나무 잎새만 한 엽서

제3부 사유와 고뇌의 계절

제4부 아낌없는 사랑

1부 오직 한 사람

부끄러운 연서

손발이 시린 날은

일기를 씁니다

무릎까지 시려오면

편지를 씁니다

부치지 못할 기인 사연을

이 작은 가슴마저

시려드는 밤엔

임자 없는 한 줄의 시를 찾아나서노니

— 「잊었던 사람에게」

잊었던 사람이여.

이 한 구절이 문득 떠오르면서 잇달아 그대 또한 내 영혼의 냇물을 서서히 거슬러 올라와 조용히 흔들리며 떠오르는 그립고 쓸쓸한 달빛으로 찾아옴은 또 어쩜인가요?

나는 분명 그대를 잊었습니다. 오오래전 오래전에 이미 그것은 내가 나 자신에게 명령하고 강요한 나의 자존심이며 복수의 행위였습니다.

봄바람에 어지러이 피어나는 꽃과 잎을 볼 적마다 증오의 불길은 부채질했었습니다. 불타는 여름 대낮 뙤약볕을 이고 걸으면서 보복하리라고 다짐하고 거듭 다짐했습니다.

그러나 어째선지 해마다 나는 가을 찬바람을 받고 영롱하게 투명한 가을 하늘 아래 서면, 번번이 그대를 용서할 수밖에 없습니다.

무주구천동 아흔아홉 굽이를 오르내리며, 지난 밤 내 혼은 이미 긴긴 사연을 쓰고 다시 써놓았음을 나는 미처 몰랐습니다.

계곡을 돌아치는 청아한 물결 소리에, 이름 모를 비구니의 독경 소리에 이끌려, 잠 못 청하던 내 혼이 떠돌며 방황했던 길목마다 산 모퉁이마다, 붉은 낙엽은 쌓여 있었습니다.

맨발로 걸어 다닌 징검다리 위에도 단풍잎은 피 묻은 발자국처럼 떨어져 있었고, 다리 아래 물결에도 차마 떠나지 못하고 머뭇대는 부끄러운 연서가 맴돌고 있었습니다. 그것은 그대로의 나의 진실이었습니다.

다시금 그리워 오는 이여.

이 가을 나는 가랑잎 한 잎에서 그대를 만나보며 거듭 용서합니다. 미움이나 사랑이나 연민마저도 억지로는 아니 되는 것임을, 내 혼이 그 피로 써 놓은 낙엽편지를 보고나서 비로소 깨달았습니다.

무릎이 시린 내 영혼의 방랑 끝에 다시 불러보는 그리운 이름을 천 잎 만 잎 가랑잎에 새기면서, 그대 지금 지구 끝 어느 모서리에

날 잊은 채로 살고 있다 할지라도, 이 가을에 만나지는 내 영혼의 해후를 스쳐지는 낙엽으로 짚어 헤아리라 믿어봅니다.

시고 떫은 갈무리되지 못한 내 피를 곰삭혀주는 눈부신 가을볕과, 서럽고 안타까운 푸르른 달빛에 몸서리치는 감성과 이성의 곤두박질을, 몇 번이고 몇 번이고 거듭하고 나서, 빛 붉은 낙엽으로 몸을 눕히는 사랑의 제단, 가을 언덕에 서면 소리쳐 불러보고 싶은 이름이 있다는 슬픔도 감사하게 받아들여집니다.

지나온 날의 미움이 오히려 미안스러워지고, 다짐했던 복수도 후회스럽다 여겨집니다. 다만 오직 한 가지는 못내 그리울 뿐이란 것.

신이여, 당신을 두고 맹세했던 나의 복수를 지워주옵소서. 나는 용서할 수밖에 없습니다.

이처럼 오랜 세월을 거쳐 새삼 증오하고 다시 용서하는 변덕스러움을 허물치 마소서.

지우고 싶은 이름이여.

나는 그대를 용서합니다. 서리 내린 가을 언덕에 혼자 서면 새삼 굽어보는 빛 붉은 낙엽의 천지. 내 진실이 그대에게 써놓고 부치지 못한 긴 사연들. 불자佛子의 미소같이 쓸쓸히 웃으며 나는 잊기로 하고 그리하여 용서했습니다.

가을바람 한 자락을 빈 가슴에 담아 놓고 나는 돌아섭니다. 이제부터는 가슴마다 긴 밤이 열릴 것입니다. 나는 다시 임자 없는 한 줄의 시를 찾아 나설 것입니다. 이 시린 가슴을 채우고 덥힐 한 구절의 시를 찾아 나의 길을 떠날 것입니다.

선물을 안고

외롭고 쓸쓸할 때는

꼬마 딸을 껴안는다.

내 작은 가슴에

꼭 맞는 꼬마 몸집

아가야

나는 누구지?

우리 엄마

너는 누구고?

엄마 딸

오오 하느님

고맙습니다.

때 묻고 주름진 얼굴을

고운 뺨에 비비면

한줄기 눈물로 찾아오는 감사

허전하고 서러워지는 때

너를 품어 안으면

빈 가슴 가득히 메워 주는

꼬마야 내 딸아

여리고 보드라운 네 두 팔로

내 목을 안아 주렴

어리석은 네 엄마가

슬프도록 행복해지게

너처럼 소중한 선물을

나에게 주셨구나.

하느님, 나의 하느님.

어찌 이리도 감사하온지요.

가을비에 젖은 듯 가슴이 춥고 시려올 때는 그 누가 있어 주었으면, 지친 내 머리를 기댈 수 있고 시린 손을 잡아 줄 누군가가 있어 주었으면.

이런 때 내 무릎 아래는 꼬마 딸이 있다. 그림책을 보며 노는 다섯 살짜리 까망 머리 내 딸애.

나는 그 애를 가슴에 꼬옥 껴안는다. 내 품에 꼭 맞는 작은 그 몸집. 한줄기 더운 눈물이 가슴을 덥히고 흐르는 것을 느낀다. 순간 내 가슴에 가득히 차오르는 어떤 고마움, 그저 고맙기만 하다. 참으로 오랜만에 나에게 꼬마 딸이 있다는 사실이 눈물겹도록 고마워진다.

이래서 아이는 하느님이 주신 선물인가보다.

아가야, 엄마 좀 안아줘, 나는 애원하고 싶다. 딸애의 여리고 가는 두 팔이 내 목을 감을 때, 목젖까지 차오르는 감사의 울음을 나는 참는다.

그렇다. 하느님, 당신이 주시는 위로는 바로 이런 것이지요. 이 고마운 선물에 이제야 감사의 눈이 떠지다니요.

딸애를 품에 안고 참으로 오랜만에 까마득히 잊었던 참된 감사에 젖어 흐느끼고 싶다.

마흔 살부터는 눈물과 친해지는 나이인가. 까닭 모르게 서러운 인생을, 한 계절을 꼬마 딸과 더불어 마음을 덥힌다.

사방에 어둠이 덮일 때 꼬마 딸과 벤치에 나란히 앉는다.

"엄마, 오늘은 하늘에 왜 별이 조금밖에 없지?"

"별님들이 일하느라 바빠서 그런가봐."

"우리 엄마처럼 바빠?"

우리는 손을 잡고 걷는다.

"엄마, 달님이 왜 자꾸 날 따라와?"

"글쎄다."

"나랑 놀구 싶어서지?"

우리는 밤하늘의 달과 별을 쳐다본다.

"엄마, 하나님이 더 커, 예수님이 더 커?"

"하나님은 예수님의 아버지시지."

"으응, 그럼 하나님이 더 크겠구나."

나는 그만 울고 싶도록 행복해진다. 아아, 내게는 이 애가 있었구나. 다시 딸애를 끌어안는다.

"엄마, 왜 그래?"

"네가 좋아서."

우리는 다시 손을 잡고 집으로 돌아온다. 형언할 수 없는 행복에
젖어서…

슬프고도 아름다운 혈연

「누가복음」 15장 11절 이하의 말씀, 유명한 탕자의 비유이다. 나는 이 말씀을 읽을 때마다 울고만 싶어진다. 자라면서 철이 들어갈 때도 그랬고, 어버이가 되어 아이들을 키우면서부터는 더욱 그랬다.

끝없는 사랑과 희생과 용서를 요구하는 자식들. 어찌 제 몫의 재산, 제 몫의 사랑과 희생만 주겠는가? 부모는 그 이상을 주고도 다시 주고 싶어진다.

자식은 가장 슬프고 가장 고독하고 무력할 때 부모를 찾는다. 애정에 실패하고 친구에게 배신당하고, 사업에 실패하고, 병들고 좌절당할 때 달려가는 품안, 그곳은 언제나 부모의 품안이 아니었던가?

그 어느 때 그 어떤 잘못을 저지른 후에도 부모는 용서할 수 있고 반겨 맞아들일 수 있는 존재가 아닌가?

불가에서는 전생의 빚진 자가 곧 부모 된 자라 했다는데, 어찌 보면 옳을지도 모른다.

성서의 비유처럼, 마치 신의 자비와도 같이 끝없는 용서를 베풀 수 있는 존재로서 부모가 없다면, 세상에서 인간은 자멸하고 말았을 것이다.

부모를 필요로 하는 때는 행복하고 배부르고 기쁠 때가 아니다. 무력하고 서럽고 병들고 추울 때이다.

언젠가 매국노 이완용의 후손들이 이완용의 무덤을 파헤쳤다는 기사를 읽은 적이 있다. 있을 수 없는 일이요, 있어서는 아니 될 일이라 떨리고 두려웠다. 비록 부모가 매국노였다 손치더라도, 그것은 조국과 민족에 대한 매국 행위이지 자손에 대한 행위는 아니다. 자손에게는 엄연한 조상이요, 이 관계를 끊을 수 있거나 취소될 수 있는 것이 아니다. 자손은 이 매국노 조상을 존경할 수는 없으나, 사랑하여야 한다.

우리는 친구의 배신에 아파하지만, 그 상처는 세월이 지나면 지워질 수 있다. 배신한 친구에겐 애정을 철회하고, 친구 관계를 단절하면 그만이다.

그러나 부모와 자식의 관계, 조상과 자손의 관계 그것이 단절되거나 철회될 수 있는 관계인가? 절대로 아니다. 비록 자식이 살인강도라 하여도, 그는 자기의 자식일 수밖에 없다. 자식과의 관계는 취소되거나 단절될 수가 없다. 그래서 혈연은 슬프고도 아름다운 것일까?

이토록 아름다운 인연을 의지하지 않으면 외롭고 서러워서 마음 붙이고 살아갈 수 없기 때문일까? 어찌하여 신은 인간에게 이토록 아프고 아름다운 천륜天倫을 주셨을까?

나의 친구 K는 어려서부터 아버지와 헤어져 살아왔다. 아버지는 부인과 어린 딸을 버려두고 어여쁜 색시를 얻어서 지금까지 살아왔다. K는 자기 아버지를 저주하고 증오하며 자랐다. 그는 자기에게는 아버지가 없다고 부르짖으며 아버지의 존재를 부인하고 거부했다.

그러나 K는 아버지라는 호칭 이외엔 달리 부를 호칭도 표현할 방법도 없다는 사실에 아파했다. 그것이 내 친구 K를 한없이 슬프게 했다. 그녀는 아직도 가끔 자기의 아버지를 아버지라고 부르고 있다. 얼마나 아름다운 슬픔이며 슬픈 아름다움인가.

아마도 K의 아버지도 K를 딸이라 부를 수밖에 없으리라. 30여 년간 아버지의 노릇을 못해 주었어도 그는 딸의 아버지일 수밖에 없다는 점을 느끼고 아파했으리라.

아무리 세월이 지나고 천지가 개벽이 된다 해도 고쳐지거나 지워질 수 없는 관계, 이 슬픈 핏줄의 인연을 베고 사랑도 용서도 나누어가질 수밖에 없는 것.

탕자, 그는 누구인가? 나 자신이 아닌가? 탕자의 아버지, 그는 누구인가? 곧 나 자신이어야 하지 않는가?

젖은 몸을 맞아 줄 가정이 있다

여우도 굴이 있고 공중에 나는 새도 깃들일 곳이 있건만, 인자는 머리 둘 곳이 없다.

한쪽 우산으로 몸을 가리고 억수같이 쏟아지는 빗속 길을 걸으며, 나는 이 성경 말씀을 생각했다. 얼마나 고독하고, 얼마나 슬펐으면 이렇게 탄식하셨을까?

그렇다! 머리에서부터 발끝까지 물투성이가 된 이 몸, 이 마음까지 맞아 주는 가정이 있기에 이렇듯 서둘러 걷는 것이 아닌가? 달려 나와 안길 어린 것들이 있기에, 이 빗속에서도 과일 가게를 기웃대는 것이 아닐까?

외롭다는 것, 고독하다는 생각은 나의 허영이요 사치가 아닐까? 어느 순간, 지극히 작을 일에 만족스러워하고 행복감을 느끼는 것은, 나를 위해선 행복이 되고 내 주위의 가족들을 위해선 화평이 된다.

은발의 노부모가 계시고, 무르익어 가는 인생길에 선 부모가 있고, 씩씩하고 건강하게 자라는 어린 자녀가 있는 가정, 가내의 질서가 사랑과 존경으로 저절로 자리 잡힌 그런 품위 있는 가정을 꿈꾸며 나는 자랐다.

나는 비교적 객지 생활을 많이 했다. 대학을 다니는 동안, 그 이후에 취직하여서도 객지에서 방을 한 칸 얻어 혼자 살곤 했다. 그때 나는 말이 하고 싶어서 견딜 수 없는 상태에 이르곤 했다. 주인댁과도 이야기야 할 수 있었다. 친구들과 직장 동료들과도 이야기를 나눌 수는 있었다. 그러나 내가 바라고 하고 싶은 이야기는, 타인과의 이야기가 아니라 내 가족 나의 혈육과의 이야기였다.

방학 때나 직장의 휴가에 부모님이 계신 집으로 내려가면 나는 울고 싶도록 좋았다. 그때는 정작 이야기를 하고 싶어지지 않았다. 이야기가 필요 없이 푸근하고 늘 배부르고 따사로워서, 형언할 수 없는 행복감에 젖어들곤 했다.

유학 시절도 나는 혼자가 무서웠다. 피부 빛깔이 다르고, 언어가 다르고, 생각하는 방식이나 음식이 다르고, 모든 것이 나와는 다른 룸메이트를 기다려야 하는 방학이 싫었다. 열쇠로 문을 열고 들어가는 것이 싫고, 문을 열었을 때 그 애가 있으면 그렇게 기분이 좋을 수가 없었다. 이런 오랜 나 혼자만의 경험으로 얻어진 결론, 사람에겐 가정보다 더 좋은 낙원이 없다는 것이다.

야망이 크고 포부가 원대하고, 열심히 자기 자신의 꿈을 키워 나가느라 동분서주하는 사람이라도, 저녁때는 땅거미 묻은 어깨를 늘 어뜨리고 집으로 돌아온다. 그의 온갖 피곤과 하루의 기쁨과, 슬픔과 환멸과, 실망, 아픔과 굴욕까지 송두리째 털어놓고 씻고 헹구고 다독거려 치료해 줄 가정이 있다. 이 얼마나 큰 행복일까.

어린 꼬마들의 천진스런 목소리와 티 없는 얼굴, 아무런 계산도 긴장도 요구하지 않는 아내가 있고, 무슨 잘못이라도 용서받을 수 있는 노부모님의 여린 무릎이 있다. 그래서 어린이들과 즐겁게 휴일을 보낸 사람일수록 다음날 일의 능률이 오른다.

자신을 사랑하지 않는 사람이 가족을 사랑할 수 없고, 가족을 사랑하고 가정이라는 가장 작은 사회를 사랑할 줄 모르는 사람이 자기의 직장과 일을 사랑할 수 없다. 하물며, 국가 사회나 인류를 어찌 사랑하며 우애를 나누어 줄 수 있으랴.

그리스도 예수는 가정을 존중하고 가족을 사랑했던 분이었다. 아버지 요셉을 도와 삼십 년간 목수 일을 하며 가계를 도왔다.

어머니 마리아와 동생들과 어울려 살면서 하느님의 '사랑'을 배운 분이셨다. 그래서 세계의 인류를 사랑할 자격을 키웠고 원수까지도 사랑할 도량을 갖춘 것이다.

이분은 짧은 생애를 살면서 단 삼 년 동안 자기의 일을 하였지만 그 어느 위인들보다도 더 많은 일을 하셨고, 더 큰사랑을 베풀 수가 있었다. 이분은 가정의 아름다움과 행복을 아셨기 때문에 '인자는 머리 둘 곳이 없다'는 고독과 탄식으로 슬프고 고독한 사람들의 친구가 될 수 있었다.

이분이 남긴 말씀들이 그렇듯 힘 있고 설득력 있고 감동 깊게 아직도 살아남아 되울리는 것은, 이분의 참된 경험에서 비롯된 말씀들이기 때문이리라.

굵은 빗줄기가 억수같이 쏟아지는 장마철 퇴근길, 젖은 이 몸과 마음을 말리고 쉬게 할 가정이 있다는 사실. 돌아가 피곤한 머리를 뉘고, 아픈 다리를 쉬게 할 집이 있고 젖은 마음을 말려 줄 아이들이 있어, 나를 엄마라고 부르며 달려 나와 반기리라.

내 어찌 젖은 이 꼴로 이 축복을 감당하랴. 도무지 송구스러울 뿐이다.

오직 한 사람

중국 전국 시대 때 초楚나라 태생인 유백아兪伯牙는 성연자成蓮子로 부터 음악을 배웠다.

스승 성연자는 제자인 백아에게 수년 동안 음악 기초를 배우게 했다. 그런 다음에 태산으로 그를 데리고 올라가서 해와 달이 뜨고 지는 우주의 장관을 보여 주었다.

뿐만 아니라, 봉래蓬萊의 해안으로 데리고 가서는 거센 비바람과 휘몰아치는 도도한 파도를 보여주면서, 바다와 비바람 소리를 들려 주었다.

백아는 스승의 이러한 지도로써 비로소 대자연의 어울려 화합하는 음성과 신비하고 무궁한, 조화된 자연의 음악을 터득하게 되었다. 이러한 수련의 과정을 거친 다음에 백아는 저 위대한 금곡錦曲인 천풍조天風操와 수선조水仙操를 완성할 수 있게 되었다.

또한 백아에게는 입신출세의 길이 열려 진나라에 가서 대부의 봉작을 받게 되었다.

그러나 그의 금예琴藝가 도달한 참된 경지를 알아주는 사람은 만나지는 못하였다. 그것은 음악가로서 그의 불행이었으며, 견디기 힘든 고독이 아닐 수 없었다.

백아는 진나라에서 20여 성상을 보낸 다음 고국에 돌아와 자기에게 음악의 진경을 터득케 해 준 스승 성연자를 찾아갔다.

그러나 오직 자신의 음악이 통할 수 있었던 유일한 스승은 돌아가시고, 고금일장古琴一張만 유언으로 남아 백아를 맞이해 주었다.

백아는 몹시 상심하여 강을 따라 배를 저어 갔다. 때마침 언덕에는 가랑잎이 지고, 강을 따라가는 갈대밭에는 갈대꽃이 만발하여 고독한 나그네를 더욱 수심에 젖게 하였다. 백아는 기슭에 배를 대고 뱃전에 걸터앉아 탄식어린 거문고 한 곡을 탄주하였다.

그런데 참으로 이상스럽게도 어디선가 바람결에, 유백아가 뜯는 거문고의 탄식에 맞추어 사람의 탄식 소리가 들려오지 않는가.

이 깊은 가을 밤 넓고 적막한 강기슭에 누가 나의 탄식 깊은 거문고를 들어 주었단 말인가?

그때 백아 앞에 나타난 사람은 땔나무를 해 팔며 사는 가난한 나무꾼이었다. 그는 땔나무를 하기 위해 산천을 다니며 평생을 사노라, 자연의 음성과 자연과 교감하는 음악의 참된 경지를 알아들을 줄 알게 된 종자기鐘子期란 사람이었다.

백아는 수십 년 만에 비로소 자신의 음악을 제대로 알아들을 줄 아는 사람을 만난 지라, 거문고의 줄을 가다듬고 아끼는 수선조 한 곡을 뜯었다.

백아가 수선조를 다 뜯고 나자, 종자기는 '참으로 훌륭합니다. 도도한 파도는 바람에 휘말려, 넘실거리며 흘러가고 있군요'라고 말했다.

백아는 이처럼 자신의 음악을 제대로 감상해주는 데 놀라지 않을 수 없었다. 그래서 다시 천풍조를 다 감상하고 나서 '장엄하고 아름답기 그지없군요. 가슴속엔 해와 달을 거두어들이고, 발아래는 무수한 별무리를 밟고 서 있군요. 높으나 높은 상상봉에 의연하고 도저하게 서 있군요'라고 말하지 않는가.

어찌 더 이상 주고받을 말이 필요하단 말인가? 두 사람은 그대로 서로를 느끼고 교감할 수 있는 오직 한 사람을 만난 것이 아닌가.

유백아와 종자기는 다음해에 만날 것을 약속하면서 헤어졌다. 때가 되어 백아는 종자기를 찾아갔으나, 종자기는 병들어 죽고 없었다. 백아는 종자기의 무덤을 찾아가 통곡을 하였다. 그리고는 칼을 들어 그의 거문고 줄을 끊어버렸다. 자신의 음악을 알아주는 오직 하나뿐인 그 사람이 없는 세상에서 다시 거문고를 뜯어 무엇하냐고 백아는 슬퍼했다.

오직 한 사람. 자기 예술을 알아주고 서로 통할 수 있는 사람을 얻는다는 것은 평생의 배필을 구하는 일보다 더 어려운 일이 아닐 수 없다. 더구나 진실로 통할 수 있는 스승을 만난다는 것은 일생을 가늠하는 행운이기도 하다.

예술의 길은 험난하고도 끝이 없는 고독과 고통이 수반되는 길이다. 내가 진정 부러워하는 것은, 제자 하나를 키우기 위하여 태산에 올라 우주의 장관을 보여 주고 봉래를 찾아가 바다의 교향곡을 들려줄 수 있는 성연자와 같은 스승을 얻을 수 있었다는 점이다. 나는 그런 스승이 될 수 없으려니와, 음악을 깨우치는 데 대자연의 소리가 필요하다고 보았던 성연자의 위대한 교육 철학에 이르지도 못했다.

시를 쓰는 사람으로서 나는 나의 시를 제대로 알아주는 사람이 없다고 슬퍼하기도 한다. 그러나 참으로 어딘가 내가 모르는 데서, 내가 쓴 한 줄의 시를 제대로 알아주는 종자기와 같은 독자 한 사람만 있다면 그것으로 족할 것이다.

어찌 나뿐이랴. 모든 시인들이 갈구하는 바 또한 종자기 같은 독자를 얻는 일이 아니랴. 오직 한 사람. 참으로 제자를 제대로 키우고자 하는 스승도 오직 한 분이면 족하리라.

'오직 한 사람'이 없는 예술가는 슬프고 고독하다. 그의 예술에 그의 학문이, 그의 기술이 아무리 신비의 경지를 관통한다 해도, 그 것을 알아줄 오직 한 사람을 얻지 못한다면 그는 얼마나 박복한 예술가이며 학자이며 기술자인가.

예술의 감상 또한 얼마나 힘들고 어려운 것인가를 이 고사에서 간파할 수 있으니, 산천을 누비면서 자연의 소리에, 자연이 교감하는 화음의 조화를 터득하지 못한 귀는 음악을 제대로 감상할 수 있는 귀가 못 된다. 종자기에 비한다면, 소음과 사람의 천박한 발악소리에 길들고 때 묻은 우리의 귀가 어찌 아름다운 음악을 제대로 감상할 자격과 능력이 있겠는가.

음악 하는 나의 친구는 늘 불평을 한다. 제대로 음악을 감상할 줄도 모르는 사람들 앞에서 연주를 해야 할 때처럼 불행스러울 때가 없노라고, 차라리 몇 끼 밥을 굶는 것이 그보다 낫다고, 예술 그것이 음악이든 그림이든 문학이든 연극이든 그 궁극에 이른다는 것은 과연 무엇인가?

성연자 같은 오직 한사람의 스승을 얻을 수 있는 행운, 모든 것을 내던지고 예술을 하는 백아 같은 제자가 될 수 있는 행운, 그리고 또 종자기처럼 음악을 제대로 알 수 있는 친구를 만나는 행운은 어떻게 얻어지는 것일까?

지란지교芝蘭之交를 꿈꾸며

저녁을 먹고 나면 허물없이 찾아가 차 한 잔을 마시고 싶다고 말할 수 있는 친구가 있었으면 좋겠다. 입은 옷을 갈아입지 않고 김치냄새가 좀 나더라도 흉보지 않을 친구가 우리 집 가까이에 있었으면 좋겠다.

비 오는 오후나 눈 내리는 밤에 고무신을 끌고 찾아가도 좋을 친구, 밤늦도록 공허한 마음도 마음 놓고 열어 보일 수 있고, 악의 없이 남의 얘기를 주고받고 나서도 말이 날까 걱정되지 않는 친구가….

사람이 자기 아내나 남편, 제 형제나 제 자식하고만 사랑을 나눈다면 어찌 행복해질 수 있으랴. 영원이 없을수록 영원을 꿈꾸도록 서로 돕는 진실한 친구가 필요하리라.

그가 여성이어도 좋고 남성이어도 좋다. 나보다 나이가 많아도 좋고 동갑이거나 적어도 좋다. 다만 그의 인품이 맑은 강물처럼 조용하고 은근하며 깊고 신선하며, 예술과 인생을 소중히 여길 만큼 성숙한 사람이면 된다. 그는 반드시 잘 생길 필요가 없고, 수수한

멋을 알고 중후한 몸가짐을 할 수 있으면 된다.

때론 약간의 변덕과 신경질을 부려도 그것이 애교로 통할 수 있을 정도면 괜찮고, 나의 변덕과 괜한 흥분에도 적절히 맞장구를 쳐주고 나서, 얼마의 시간이 흘러 내가 평온해지거든 부드럽고 세련된 표현으로 충고를 아끼지 않았으면 좋겠다.

나는 많은 사람을 사랑하고 싶진 않다. 많은 사람과 사귀기도 원치 않는다. 나의 일생에 한두 사람과 끊어지지 않는 아름답고 향기로운 인연으로 죽기까지 지속되길 바란다. 나는 여러 나라 여러 곳을 여행하면서, 끼니와 잠을 아껴 될수록 많은 것을 구경하였다.

그럼에도 지금은 그 많은 구경 중에 기막힌 감회로 남은 것은 거의 없다. 만약 내가 한두 곳 한두 가지만 제대로 감상했더라면, 두고두고 되새겨질 자산이 되었을 걸.

우정이라 하면 사람들은 관포지교管鮑之交를 말한다. 그러나 나는 친구를 괴롭히고 싶지 않듯이, 나 또한 끝없는 인내로 베풀기만 할 재간이 없다. 나는 도道를 닦으며 살기를 바라지 않고, 내 친구도 성현 같아지기를 바라진 않는다.

나는 될수록 정직하게 살고 싶고, 내 친구도 재미나 위안을 위해서, 그저 제자리서 탄로 나는 약간의 거짓말을 하는 재치와 위트를 가졌으면 바랄 뿐이다. 나는 때로 맛있는 것을 내가 더 먹고 싶을 테고, 내가 더 예뻐 보이기를 바라겠지만, 금방 그 마음을 지울 줄도 알 것이다. 때로는 얼음 풀리는 냇물이나 가을 갈대숲 기러기 울음을 친구보다 더 좋아할 수 있겠으나, 결국은 우정을 제일로 여길 것이다.

우리는 흰 눈 속 참대 같은 기상을 지녔으나 들꽃처럼 나약할 수 있고, 아첨 같은 양보는 싫어하지만 이따금 밑지며 사는 아량도 갖기를 바란다.

우리는 명성과 권세, 재력을 중시하지도 부러워하지도 경멸하지도 않을 것이며, 그보다는 자기답게 사는 데 더 매력을 느끼려 애쓸 것이다.

우리가 항상 지혜롭진 못하더라도, 자기의 곤란을 벗어나기 위해, 비록 진실일지라도 타인을 팔진 않을 것이다. 오해를 받더라도 묵묵할 수 있는 어리석음과 배짱을 지니기를 바란다.

우리의 외모가 아름답지 않다 해도 우리의 향기만은 아름답게 지니리라.

우리는 시기하는 마음 없이 남의 성공을 얘기하며, 경쟁하지 않고 자기 일을 하되, 미친 듯 몰두하게 되기를 바란다. 우리는 우정과 애정을 소중히 여기되, 목숨을 거는 만용은 피할 것이다. 그래서 우리의 우정은 애정과도 같으며, 우리의 애정 또한 우정과 같아서, 요란한 빛깔도 시끄러운 소리도 피할 것이다.

나는 반닫이를 닦다가 그를 생각할 것이며, 화초에 물을 주다가, 안개 낀 아침 창문을 열다가, 가을 하늘의 흰 구름을 바라보다가, 까닭 없이 현기증을 느끼다가 문득 그가 보고 싶어지며, 그도 그럴 때 나를 찾을 것이다.

그는 때로 울고 싶어지기도 하겠고, 내게도 울 수 있는 눈물과 추억이 있을 것이다. 우리에겐 다시 젊어질 수 있는 추억이 있으나, 늙는 일에 초조하지 않을 웃음도 만들어낼 것이다. 우리는 눈물을 사랑하되 헤프지 않게, 가지는 멋보다 풍기는 멋을 사랑하며, 냉면을 먹을 때는 농부처럼 먹을 줄 알며, 스테이크를 자를 때는 여왕처럼 품위 있게, 군밤은 아이처럼 까먹고, 차를 마실 때는 백작부인보다 우아해지리라.

우리는 푼돈을 벌기 위해 하기 싫은 일을 하지 않을 것이며, 천년을 늙어도 항상 가락을 지니는 오동나무처럼, 일생을 춥게 살아도 향기를 팔지 않는 매화처럼(桐梧千年老 持律格 梅花一生寒 不賣香) 자유로운 제 모습을 잃지 않고 살고자 애쓰며 격려하리라.

우리는 누구도 미워하지 않으며, 특별히 한두 사람을 사랑한다 하여 많은 사람을 싫어하진 않으리라. 우리가 멋진 글을 못 쓰더라도 쓰는 일을 택한 것에 후회하지 않듯이, 남의 약점도 안쓰럽게 여기리라.

내가 길을 가다가 한 묶음의 꽃을 사서 그에게 들려줘도 그는 날 주책이라고 나무라지 않으며, 건널목이 아닌 데로 찻길을 건너도 나의 교양을 비웃지 않을 게다. 나 또한 그의 눈에 눈곱이 끼더라도, 이 사이에 고춧가루가 끼었다 해도, 그의 숙녀됨이나 신사다움을 의심하지 않으며, 오히려 인간적인 유유함을 느끼게 될 게다.

우리의 손이 비록 작고 여리나, 서로를 버티어 주는 기둥이 될 것이며, 우리의 눈에 핏발이 서더라도 총기가 사라진 것은 아니며, 눈빛이 흐리고 시력이 어두워질수록 서로를 살펴 주는 불빛이 되어 주리라.

그러다가 어느 날이 홀연히 오더라도, 축복처럼 웨딩드레스처럼 수의壽衣를 입게 되리라. 같은 날 또는 다른 날에라도.

세월이 흐르거든 묻힌 자리에서 더 고운 품종의 지란芝蘭이 돋아 피어, 맑고 높은 향기로 다시 만나지리라.

최초의 페미니스트는 김수로왕과 왕비 허황옥

우스갯말로 곧잘 인용되는 우리말에는 안팎, 내외, 밤낮, 운우雲雨, 왼쪽 오른쪽, 계집 사내, 연놈, 음양陰陽, 아래위… 등의 여성성女性性 선행이나 여성성 우대의 표현이 많다.

그래서 남존여비男尊女卑라는 유교 가치가 신봉되던 조선조 이전에는, 오히려 여성이 우대되었을 것이라는 생각마저 든다. 왜냐하면 안팎의 '안,' 내외의 '내,' 밤낮의 '밤,' 운우의 '운,' 왼쪽 오른쪽의 '왼쪽,' 계집 사내의 '계집,' 음양의 '음,' 연놈의 '년,' 아래 위의 '아래'… 등은 모두 여성성을 뜻하니 말이다.

이런 가설을 뒷받침하는 여러 자료 중의 하나는 가락국 김수로왕金首露王과 허황옥許皇玉왕비의 이야기도 포함될 수 있다. 김수로왕과 허황옥 왕비는 일곱 아들에게 김씨 성과 허씨 성을 고루 나눠주었다는 사실이다.

허황옥은 인도의 아유타국 공주로서 꿈의 계시를 따라, 배를 타고 와서 김수로왕과 혼인하였다고 전해지고 있으나, 분명 한국인의 여조女祖이기 때문에, 한국 여성으로 봐야 마땅할 것이다.

김수로왕과 허왕비 사이에는 일곱 왕자가 태어나 자랐는데, 왕비 허황옥은 수로왕에게 왕자들 모두가 부계父系의 김씨金氏성姓만을 물려받으면, 자신의 허씨許氏성은 아주 없어져버리고 말 테니, 몇몇 왕자들에게는 자신의 성도 물려받게 해달라고 요구했다. 그러자 김수로왕은 끝으로 두 왕자(?) 또는 세 왕자(?)에게는 모계의 허씨 성을 물려받게 하였기로, 김해金海김씨와 김해 허씨는 동성동본이 되었다.

따라서 김해 김씨와 김해 허씨는 동성동본 불혼同姓同本不婚이라는 우생학적 원칙을 좇아, 오랫동안 서로 통혼하지 않았으니(요즘에는 달라졌다고 함), 수로왕이야말로 여권을 존중한 최초의 페미니스트였으며, 허황옥 왕비 역시 초유의 여권운동가라 할 수 있다.

최근 들어 우리나라에서도 몇몇 여성 학자들이나 그들의 의견에 동조하는 이들이, 자신과 자녀들의 성씨 표기에서, 부와 모의 성씨를 함께 사용하기도 하지만, 그것 역시도 부계의 성씨를 모계의 성씨보다 앞서 표기하여, 완전한 평등의 실천으로는 볼 수 없다. 만약 허황옥이었다면 모의 성씨를 선행 표기했을 것이다. 더구나 오늘의 그 어떤 페미니스트도 허황옥 왕비처럼 모계의 성씨만을 자녀에게 물려주는 예는, 필자의 과문한 탓인지 아직껏 발견되지 않았으니 말이다.

이러한 선각적 페미니스트들이 우리의 역사에 분명히 존재했음에도 불구하고, 왜 아직도 우리의 대학 교수의 남녀 성비性比는 이다지도 불평등할까? 혹시 수전망조數典忘祖의 탓은 아닐는지.

옛날 중국 진나라의 사신 순력은 석학 적담籍談을 데리고 주나라로 가서, 주왕이 묻는 고사에 막힘없이 대답하는 적담 같은 석학이 자기 나라에 많다고 자랑을 했다. 그러자 주나라의 왕이 적담에게 남의 나라 전고를 물었더니, 너무나 잘 대답했지만, 모국인 진나라 것을 물었을 때는 제대로 대답하지 못했다. 적담은 자기 나라의 것은 너무나 모르면서도 남의 나라 것만 배운 어리석은 사람(학자)이었다는 고사에서 수전망조라는 말이 생겼단다.

어쩌면 우리는 은연중에 우리 자신의 것보다는 서구 등 외국의 대학을 벤치마킹하라고 압력을 행사해 왔던 것은 아니었을까? 외국의 대학들처럼 성차나 연령차를 가리지 않고 골고루 필요한 교수를 채용하지도 않으면서, 또 우리의 학문이나 사회 문화 및 전통에 맞는 대학 모형을 연구하지도 않고 말이다. 우리에게 맞는 모형을 연구 개발하고 실험하여 그 효과를 검증한다면, 그래서 성공적으로 밝혀진다면, 우리와 비슷한 다른 나라들이 다투어 벤치마킹하지 않겠는가마는— 매사에 항상 남의 것만을, 그것도 표면적인 몇 가지만을 따르려 하는지 말이다.

등잔 밑이 어둡다는 말도 있긴 하지만, 페미니즘이 서양보다 오히려 우리 문화에서 앞서온 예는 김수로왕과 허황옥 왕비 외에도, 황진이와 이사종의 계약 결혼 등 수없이 많을 것이다.

청출어람青出於藍이고, 후학後學이 가외可畏라 했으니, 우리 학생들에게나 기대를 해야 할까? 정녕 그렇게 오래 기다려야만 할까?

오이디푸스 콤플렉스와 엘렉트라 콤플렉스

두 콤플렉스

가끔 자기보다 나이 많은 여성과 결혼하려는 남성을 본다. 이런 남성들은 자기 아내에게서 어머니의 이미지나 누이의 이미지를 추구하려는 경향을 보인다고 우리는 쉽게 짐작한다.

그렇다. 비단 이런 남성만이 아니라, 거의 모든 남성들은 자기 아내에게서 자신이 성장기에 못다 누린 어머니에 대한 한정 없는 사랑을 추구하려고 하는 경향이 있다. 그래서 흔히 결혼한 부인들은 농담으로 자기 남편을 아들 하나 키우는 셈 친다고도 표현하는데, 과히 틀린 말은 아닌 것 같다.

그렇다면 왜 거의 모든 남성들은 이런 욕구를 갖게 되는 것일까?

정신분석학자 프로이트는 정상적인 사람은 아무도 없을 것이라고 했다는데, 어쩌면 남성들이 아내에게서 모성적 그 무엇을 무의식적으로 추구하는 이 비정상적 성향도 정상인의 비정상적 특징일까? 이런 성향은 무의식적인 욕구나 행동에 나타나고, 이를 흔히 오이디푸스 콤플렉스(oedipus complex)라 하지 않는가.

또한 여성의 경우에도 아버지나 아저씨 같은 남성과 결혼하기를 원하거나, 결혼 후에도 남편에게 그런 이미지를 추구하려 드는 경우가 있다. 아마도 위의 경우를 뒤집어놓은 것이 되리라. 어쩌면 엘렉트라 콤플렉스(electra complex)의 징후일지도 모르지 않는가.

오이디푸스 콤플렉스와 엘렉트라 콤플렉스는 본래 프로이트의 정신분석학에서 발견되는 어휘이다. 프로이트는 인간의 성격 발달이 거치는 몇 단계 중 세 번째 단계를 남근기로 보았다. 그래서 아동이 자라 5~6세경인 남근기에 이르면 비로소 자기 몸에 성기가 있다는 사실을 발견하게 되고, 그것을 건드려 보고는 쾌감도 느낀다는 유아기 성욕설을 주장한 정신분석학자였다. 흔히 고추를 성나게 하는 아동이 있고, 어른들은 이를 꾸짖어 못하게 하는데, 이때 아동은 성욕과 쾌감을 느낀다는 것이다.

남자아동은 자기에게 무한의 사랑을 베푸는 어머니를 그의 애정의 첫 상대자로 삼는다. 또 여자아동은 아버지를 첫 애정상대로 삼게 되는 것. 그래서 이 나이의 아동은 이성의 부모에게서 무의식적으로 특이한 애정관계, 즉 근친상간적 욕망을 느끼고 또 추구하는 행동을 보이는데, 남자아동은 어머니와, 여자아동은 아버지와의 관계가 된다.

그러나 남자아동은 자기를 몹시 사랑해 줄 뿐만 아니라 자기보다 모든 면에서 유능한 아버지를 연적으로 삼는 데는 심한 고통과 공포를 느낀다. 만약 아버지가 자기의 이런 생각을 알고 성기를 잘라버리지나 않을까 하고 거세 공포증까지 느끼게 되는데, 그렇게 하여

성기를 잃은 증거가 곧 성기 없는 여자아이라고 생각한다. 이런 공포는 곧 '상대를 능가하지 못하면 그 편이 되라'는 서양의 격언대로 남자아동이 아버지를 닮고자 말이나 행동 등에서 여러 가지로 아버지 흉내를 내고 닮아가는 결과로 나타난다.

여자아이의 경우는 무의식적으로 어머니를 밀어내고 아버지와 결혼하여 많은 아기를 낳고 싶다는 근친상간적 욕구 때문에 어머니와 갈등을 겪게 되고, 또 어머니 흉내를 내며 아버지와 결혼하고 싶다는 말도 한다.

프로이트는 인간의 성격이 발달하는 과정에서 나타내는 이런 무의식적 욕구를 그리스의 유명한 비극인 『오이디푸스왕』의 이야기에 등장하는 주인공의 이름을 따왔다. 즉 친아버지를 죽이고 친어머니와 결혼한 비극의 왕 오이디푸스의 이름을 빌려와 쓴 것이 곧 오이디푸스 콤플렉스이다.

소포클레스의 비극 『오이디푸스왕』

소포클레스(B.C. 496-406)가 쓴 3부작 비극에서 오이디푸스왕의 이야기는 다음과 같다.

오이디푸스는 본래 테베의 라이오스왕의 아들로 태어났다. 그러나 그는 태어날 때 아기집을 쓴 채로 태어났기 때문에, 그의 아버지 라이오스왕은 델포이 신전에 가서 물었던 결과 엄청난 신탁을 얻게 되었다. 즉 그의 아들 오이디푸스가 자라면 아버지인 자신을 죽이고 어머니인 왕비와 결혼할 것이라는 저주스런 예언이었다.

라이오스왕은 이 저주스런 운명을 타고난 오이디푸스 왕자를 멀리 버려서 죽게 하라고 했다. 그러나 아기 오이디푸스는 이웃 나라인 고린도스 사람에게 구조되어 그 나라의 왕인 폴류노스의 아들이 되어 자랐다. 그러나 고린도스 나라에서도 오이디푸스는 저주스런 예언을 듣게 되었다. 오이디푸스는 고린도스왕인 폴류노스를 자기의 친아버지로 알았기 때문에, 저주스러운 운명에 도전할 결심을 하고 고린도스를 떠났다. 그러나 운명은 그로 하여금 공교롭게도 자신의 친아버지의 나라인 테베로 들어가게 하였다. 뿐만 아니라 기구하게도 세 갈래의 갈림길에서 오이디푸스는 어떤 일행과 부딪쳐 서로 다투게 되었다. 더욱 저주스러운 그의 운명은 그로 하여금 이 다툼에서 분노를 참지 못하여 사람을 죽이게 되었고, 죽음당한 사람이 다름 아닌 친아버지인 라이오스왕이었다.

오이디푸스는 때마침 테베를 괴롭히는 스핑크스의 수수께끼를 풀어 주어 괴물을 물리치게 되었는데, 이런 경우 테베국의 관행에 따라 전왕의 미망인인 왕비와 결혼하면 왕이 될 수 있었다. 물론 아주 자연스럽게 오이디푸스는 라이오스왕의 아내인 이오카스테와 결혼하였는데, 그녀가 곧 자신을 낳아준 친어머니였음을 알지 못했다.

테베의 왕이 된 오이디푸스왕은 성실을 다하여 선정을 베풀었다. 그리고 이오카스테왕비에게서 두 아들과 한 딸을 낳았는데, 곧 에티오클리스와 폴리니시스의 두 왕자와 안티고네라는 공주였다. 마침내 그의 치정은 영광과 권위의 절정에 이를 수 있었다.

그런데 테베의 사람들은 이상하게도 질병이 들고 외침에 시달리고 그리고 흉년이 들어갔다. 오이디푸스왕은 이런 불운의 이유를 알기 위해 아폴로 신의 계시를 받고자 왕비의 동생인 크레온을 델포이신전으로 보냈다. 그러나 크레온이 돌아와 보고한 신의 계시는 테베왕인 친아버지를 죽이고 친어머니와 결혼한 자에 대한 신의 노여움이라고 했다. 이러한 패륜에 대해 신이 내린 응징을 풀려면 친어머니를 죽이고 친어머니와 결혼한 자를 찾아내어 벌하는 길밖에 다른 도리가 없다는 계시였다.

오이디푸스왕은 자신이 진범인 줄도 모른 채 예언자를 불러 범인을 찾아내라고 했다. 계속된 범인색출에서 왕은 그 자신이 바로 친아버지를 죽이고 생모와 결혼한 장본인임을 알게 되었다. 그는 자신의 패륜죄를 속죄하기 위하여 두 눈을 스스로 뽑아 장님이 된 채 방랑의 길을 떠났고, 왕비인 그의 아내이자 어머니는 자살을 하고 만다.

계속되는 죄의 대가

오이디푸스왕의 뒤를 이어 그의 장자인 에티오클리스가 테베의 왕이 되었다. 그러나 제2 왕자인 폴리니시스는 형의 왕위를 탐내어 아르고스국과 동맹을 맺고 반란을 일으켰다. 따라서 참혹한 전장에서 두 형제는 전사하고 만다. 그리고는 왕위가 엉뚱하게도 외숙인 크레온에게 돌아갔다.

왕이 된 크레온은 자신이 차지한 왕위에 대해 폴리니시스같이 반역을 꾀하는 자가 있을까 두려워한 나머지 국법으로서 왕의 권위를 더욱 높이고, 반역자는 땅에 묻지 않고 사막에 버려서 새와 짐승의 먹이가 되게 한다는 새 국법을 제정 공포했다.

그리고는 형인 에티오클리스는 국왕의 예로 장례를 치러 땅속에 매장하였으나, 반역을 꾀한 아우 폴리니시스는 사막에 버려 짐승이 먹게 버려두었다. 그리고는 누구든지 왕명을 어기고 그의 시체를 땅속에 매장하면 국법으로 다스려 죽인다고 공포했다. 그렇게 함으로써 누구든지 크레온이 차지한 왕위를 탐내어 모반하지 못하도록 하자는 의도였다.

그러나 오이디푸스왕의 딸 안티고네 공주는 사막에 버려진 채 짐승과 새의 먹이가 되는 둘째 오라비를 찾아 땅에 묻어주었다. 그녀는 죽음은 이미 인간의 권한에서 벗어나 신의 소관에 속한 것이므로 신의 법에 따라 죽은 자는 누구나 땅속에 매장되어야 한다고 생각했다. 또한 신의 법은 인간인 국왕의 법보다 상위에 있으므로 신의 법에 따르는 것이 더 정당하다고 생각했기 때문이다.

그럼에도 안티고네는 새 국법을 어겼으므로 외삼촌인 크레온왕의 진노를 사서 죽게 되어 사막에 버려진다. 그러나 불행은 계속되는데, 안티고네의 약혼자이자 크레온왕의 아들인 헤몬은 사랑하는 약혼녀 안티고네의 죽음을 견디지 못하여 자살을 하게 되고, 아들을 잃은 크레온의 왕비도 따라서 자살을 하는 비극이 잇따랐다.

이렇게 잇따른 비극을 겪고 난 크레온왕은 인간이 만든 국법보다는, 죽으면 누구의 것이든 땅속에 매장된다는 제우스신의 법이 더 상위에 있음을 깨닫고 죽음의 길로 떠났다.

소포클레스의 운명과 도전

소포클레스는 인간은 여러 신들의 짓궂은 저주에 휘말려 기구한 운명을 타고날 수 있음을 이 운명비극에서 얘기해 준다. 그것은 그리스신화에 의한 것이다.

그러나 작가는 인간이란 숙명적 비극의 희생자로서 두고 싶지 않았다. 그래서 운명의 감수자가 아닌 운명을 거부하는 도전자로서 등장인물을 설정하였다. 어떠한 어려움에서도 좌절하지 않고 줄기차게 도전하는 운명과의 투쟁, 운명에 대한 대결이 곧 인간의 의지이며, 그러한 인간상이 오이디푸스왕이다.

더욱이 소포클레스는 오이디푸스에게 스핑크스의 수수께끼를 이렇게 제시했다.

"하나이면서 두 발로 다니고 세 발로 다니고 그리고 네 발로 다니는 것은 무엇인가?"

오이디푸스가 푼 이 수수께끼의 해답은 곧 인간의 성인기·노년기·유아기의 상징이었다. 오이디푸스는 '인간이란 무엇인가'의 이 질문에 정확한 답을 제시할 만큼 현명하였다. 또한 백성의 고뇌를 알고 외적을 알아 나라를 잘 살펴 다스릴 만큼 현명하였다.

그럼에도 오이디푸스같이 현명한 인간도 타인은 잘 볼 줄 알았으나, 자기 자신을 볼 줄 아는 눈은 갖지 못했음을 소포클레스는 강조하고 거듭 강조하였다. 스핑크스의 수수께끼를 풀고 외적과 나라를 잘 알았던 왕의 눈은 자신의 참모습 즉 지혜와 성실과 권위와 명예를 한 몸에 지닌 인간 오이디푸스의 이면에, 저주스런 패륜의 인간 모습이 숨어 있음을 보아내진 못한 것이다. 소포클레스는 오이디푸스왕의 모습을 통하여 인간의 이런 이중성과 행운과 불운의 역전을 보여주고 싶었다. 다시 말해서 신성한 국왕이었던 그가 가장 추악한 패륜자의 낙인을 쓴 거렁뱅이 죄인이 됨을, 그것이 인간 운명의 풀 수 없는 영원한 수수께끼임을 보여 주고 싶었다.

또한 작가 소포클레스는 속죄란 죽음이 아니란 것을 말해 준다. 죽음보다 비겁한 도피는 없다고 본 것이다. 사실 죽음처럼 쉽게 고통에서 해방되는 방법은 다시는 없으리라.

소포클레스는 오이디푸스왕의 모습을 통하여 속죄란 죽음이 아닌 기막힌 자기학대, 즉 두 눈을 잃고 유리걸식하는 적극적 삶의 투쟁이라고 외치고 싶었던 것이다. 또한 장님이 되는 것은 눈을 잃음이 아니요 빛의 소중함을 얻음으로써 진정한 자기 발견임을 주장하고 싶었던 것이다.

그러므로 오이디푸스왕의 모습이란 자기 죄를 가장 고통스럽게 책임지고 운명과 투쟁하는 인간상이며, 그것이 곧 삶을 위한 투쟁의 모습이라는 것이다.

이러한 오이디푸스의 모습처럼 적극적인 삶의 투쟁을 거치면서, 아동은 어른으로 성장해 가는 것을 프로이드 역시 강조하고 싶었을 것이다. 그래서 그는 자기의 이론에서, 오이디푸스 콤플렉스든 엘렉트라 콤플렉스든 인간의 성격발달에서 반드시 거쳐야 되는 발단 단계라고 보았을 것이다.

계약 결혼의 선구자 황진이

프랑스의 작가이자 철학자였던 사르트르와 작가인 보부아르는, 그들의 작품보다는 평생을 이상적인 계약 결혼으로 멋지게 살았다고 하여 더욱 널리 알려진 사람들이다. 그러나 사람이 어찌 평생을, 아니 그 긴긴 세월을 이상적이고 멋지게만 살 수 있겠는가.

이렇게 어쩔 수 없는 인간적인 약점을 잘 알고, 가장 이상적인 계약 결혼의 모범을 보인 이가 바로 황진이였다. 더욱이 그들보다 이미 3백년 앞서서, 그것도 유교 윤리가 엄격하기 이를 데 없었던 조선시대 중종조에 말이다.

당시 송도 기생이던 황진이와 당대의 명창이면서 선전관이던 이사종李士宗과의 6년간에 걸친 계약 결혼은, 사르트르와 보부아르의 것보다 더 진실되고 완벽하였다.

황진이, 그네는 뛰어난 미모에다 출중한 시가詩歌의 재능으로 당대 풍류객들의 연모의 대상이었지만, 하고자 하는 일에 탐심과 가식이 없이 거침없는 용기와 고차적인 장난기로써도 유명한 여걸이었다. 그네는 이사종을 만나자 그가 풍류를 제대로 아는 사람임을 알았다.

그래서 상대할 만하다고 생각하여 그녀가 먼저 6년간의 동거를 제의했다.

합의에 이르자 황진이는 자기의 재산을 챙겨 서울의 이사종 집으로 들어갔다. 그때부터 시부모에 대해서는 첩며느리로서, 정실부인에 대해서는 소실로서, 시댁 식구들을 지극한 정성으로 섬겼다.

그 3년 동안 자신의 재산으로 시댁 살림을 다 했다. 그리고 나머지 3년은 송도의 자기 집으로 옮겨와서, 이사종이 그의 재산으로 황진이의 가솔을 부양했다.

계약 기간이 다하자, 황진이는 약속 기간이 지났으니 마땅히 헤어지는 것이 옳다고 말하고서는 각기 헤어졌으니, 이 얼마나 공평하고 이상적인 계약 결혼인가. 그 이상을 살자면 싫고도 짜증나는 수많은 순간순간을 도저히 참아낼 수 없으리라는 것을 그녀는 알고 있었으리.

보부아르와 사르트르는 황진이에 비하면 너무도 진실되지 못하게 살았다고 하겠다. 이왕 계약 결혼일 바에야, 이상적으로 서로에게 진실할 수 있었을 텐데 말이다. 그들은 겉으로만 이상적이었지, 각기 자신의 연인들을 침실로 불러들였고, 그런 서로를 간섭하지 않았다니, 굳이 그렇게까지 하면서 남 보기에만 부부인 것처럼 한 집에서 살아야 할 까닭이 있었을까? 그래서 만년의 사르트르는 고독하게 혼자서 살다 죽은 셈인데도, 마치 평생을 이상적인 완벽한 부부로 살았던 것처럼 알려졌다. 그게 어디 진실로 가능할 수 있었을까 말이다. 그렇게 살 바엔 아예 다른 집에서 각각 살 일이지.

그들에 비한다면 황진이와 이사종은 얼마나 진실하고 이상적인 계약 결혼 생활을 했는가. 이사종을 섬길 때는 완벽하게 그와 시댁에 충실했던 황진이였으나, 그와 헤어지고는 다시 노류장화의 기생으로 충실했다. 그네는 미모와 재능만큼 콧대와 의리도 당당했다.

기적妓籍에 들어간 이유가, 자기 때문에 상사병으로 죽은 총각에 대한 인간적인 책임감과 의리 때문이었고, 남성을 사랑할 때도 돈이나 벼슬로써가 아니었다.

그네가 소양곡蘇陽谷을 사랑하여 상대한 것도 그가 대제학을 지낸 대단한 남성이라서가 아니라, 그가 시인이었기에 시인 황진이와는 시인끼리의 사랑이었으며, 그네가 송순宋純을 사랑한 것도 가인歌人으로서 황진이가 가인인 송면양정을 사랑한 것이다. 이정승李政丞의 아들 이생李生을 금강산 유람의 동행으로 삼았던 것도, 이생의 위인됨이 친구 삼을 만하다고 여겼기 때문이었다. 또한 서화담을 좋아한 것도 그의 인품과 학덕 때문이었다지 않은가.

아무리 유혹해도 군자의 의연함을 잃지 않는 서경덕을 얼마나 존경했는지, 그네는 서화담과 박연폭포, 그리고 자기를 스스로 송도삼절松都三絕이라고 부르는 오만을 보이기도 했다.

내 언제 신이 없어 임을 언제 속였관데
월침 삼경에 올 뜻이 전혀 없네
추풍에 지는 닢소리야 낸들 어이하리오.

청산은 내뜻이요 녹수는 임의 정이
녹수 흘러간들 청산이야 변할손가

녹수도 청산 못 잊어 울어예어 가느니.

　사랑하고 존경할 만한 사람에게는 이렇게 신의와 그리움을 보냈지만, 가식과 위선자라고 생각되는 사람에겐 짓궂은 장난으로 그들의 가면을 벗겨내는 짓도 서슴지 않았다.

　한양 선비 벽계수의 가식을 벗겼고, 기생을 인간 아닌 엽색의 노리개로 여기는 남성들에 대한 분노로, 30년 면벽수도하여 생불生佛이 된 지족知足선사를 파계시키고는 경멸하여 차버리기도 했다.

　그네는 하고자 하는 것을 당당히 했으되, 은밀하게 가식과 위선으로는 하지 않았다. 그네는 얼마나 담대했던지, 당시의 교통 불편과 여성으로서는 엄두도 못 내는 금강산을 유람했으며, 정승의 아들이자 명문의 귀공자인 이생을 자기 집의 노비라고까지 말할 정도로 짓궂었다. 그럼에도 이생의 끼니를 위해서 몸을 팔기도 했으니, 손바닥에다 숱한 남자를 올려놓고 마음껏 희롱한 그네를, 사람들은 더럽다고 여기긴커녕 멋지고 기개 높은 여장부로 여기며 사모했다.

　그네는 그렇게 살았던 자신이 결코 온당하게 살지 않았음을 인정하여, 후세 여성들에게 경계로 삼기 위해, 죽거든 자기를 행인들이 다니는 길가에 묻으라고 했을 정도로 분별 있는 여성이었고, 깊고도 높은 인품과 인격을 지녔었다.

　당시의 남성치고 그네를 사모하지 않았던 이가 없었고, 시인 임제林悌도, 평양 감사로 부임차 가던 길에 황진이의 무덤에 들러, 생전에 만나보지 못했음을 한탄하며, 그네의 죽음을 애도하는 다음의 시를 지어 바쳤다.

청초 우거진 골에 자는다 누웠는다

홍안은 어데 두고 백골만 묻혔나니

잔 잡아 권할 이 없으니 그를 슬퍼하노라.

사대부의 체통에도, 막중 권신으로서, 백성을 지도하는 수령으로서의 체면도 불사하고, 그가 일개 기생의 무덤에 술을 따르며 애도하고 추모하는 애절한 시를 지어 바칠 정도로, 황진이는 죽어서도 대단한 인물이었다. 그 일로 백호 임제는 체직되어 다시는 벼슬길에 나가지 못했으나, 송도의 명승지를 떠돌면서 황진이가 남긴 향기를 노래하며 살다 갔으니, 그 어떤 선비와 정승이 황진이만하다고 할 수 있으랴.

그녀는 숱한 남성을 품었던 천하디천한 신분의 기생이 아니었나, 무엇이 그녀를 그토록 기막힌 여성으로, 멋진 자유인으로 만들었을까?

그녀는 사람을 사귀되, 외모나 재산이나 벼슬의 높이로 사귀지 않았고, 인간됨으로 사귀었다. 다시 말해서 그 사람의 품위나 기개, 그리고 자기의 재능과 상대가 된다고 여기는, 그녀의 감식안과 자존심으로 사귀었으니, 자기의 기준에 차지 않으면 억만금을 준다 해도 가차 없이 차버렸다. 이 얼마나 용기 있고 진솔하고 멋진 사람인가.

그 누가 황진이만큼 가식 없고 탐심 없이 자유롭고 진실하게 살다갔는가? 그녀가 이사종과 완벽하게 이상적인 계약 결혼을 할 수 있었던 것도, 그녀의 이런 가치관 때문이 아니었을까.

만약 황진이가 보부아르 같은 처지였다면, 사르트르와의 그런 신의 없는 계약 결혼생활을 계속했을까? 그네가 원했다면 얼마든지 고관 재산가의 애첩이 되어 호화로운 생활을 했을 것이다. 그러나 그네는 그런 가식적인 삶의 방식을 원하지 않았다. 보부아르 같은 계약 결혼은 원하지 않았던 것이다.

황진이는 그네의 미색 때문에 사랑받은 것이 아니라, 가식 없고 탐심 없으며, 하고자 했던 일은 다 해보았던 거침없는 삶과 대담한 용기와, 양심과 판단이 올바르고 의리 있던 그 삶의 방식 때문에 사랑받은 게 아닐까? 그 많은 남성 편력에도 불구하고, 그 누구도 그네의 삶을 탓하기는커녕 오히려 부러워하지 않는가? 그때도, 지금 이시대의 사람들까지도.

부부, 가장 엄숙한 종교

사람 사는 세상의 세 가지 강령 중에서 부위부강夫爲婦綱을 왜 부각시켰을까? 상화하목이요 부창부수上和下睦 夫唱婦隨라는 천자문의 시구는 아직도 대단할까?

이런 질문을 해가며 살고 있지 않은 부부가 있을까? 부부 사이는 세상에서 가장 엄숙한 사이가 아닐까? 왜냐하면 이 세상의 그 어느 것도 부부라는 이유보다 더 단조로운 것은 없을 테니까. 단조로움이야말로 가장 엄숙한 것일 테니까.

가장 단조로워서 가장 엄숙한 부부 사이야말로, 어쩌면 가장 인간적이고 현세적인 종교일지도 모른다. 모든 종교는 내세를 약속해주지만, 부부 사이는 현세의 일상생활에 더 치중하는 가장 세속적인 종교가 아닐까?

십 년, 이십 년을 하루같이 함께 사는 부부야말로, 모든 복잡한 것을 부부라는 이름 하나로 단순화시켜버리고 마는, 가장 단조로운 사이를 전제하지 않을까? 따라서 서로를 너무나 잘 알고, 어느 때는 자기 자신보다도 더 잘 아는 부부 사이에는, 감추고 숨기고 거짓말하는 것일수록 결과적으로는 제 스스로 폭로해버리는, 아무것도 아닌 비밀 아닌 비밀만이 있을 뿐이니까. 심지어는 부부란 남성·여성 사이도 여자·남자 사이도 아닌, 동성간이면서도 동성보다 더 밀착된 사이니까. 그래서 서로를 빠안히 알면서도 서로를 너무나 모르는 사이일 수도 있어서, 더러는 갈등하고 더러는 용서하고 더러는 미움과 사랑으로 단순화시키며, 어떤 잘못도 용서하지 않을 수 없고, 또 용서될 수 있을 정도로 너무 단조로워서, 차라리 엄숙한 종교 같지 않을까?

간첩죄가 가장 무겁던 때도, 간첩으로 월남한 남편을 숨겨준 것은 아내로서, 너무도 당연한 행동이지 죄로 여기지 않는다는 법도 있었던 것으로 알고 있다. 그만치 부부 사이는 인생의 삼대 강령 중의 하나이다. 그 어떤 잘못도 부부라는 이름 앞에서는 엄숙해지고 단순해질 수밖에 없는 모양이다.

사람 사는 일이 아무리 복잡하다 해도, 미혼 때엔 아무리 기존의 도덕과 질서가 백해무익하다고 비판했을지라도, 결혼하고 나면 이제껏 백해무익하다던 기존의 도덕과 규약을 금과옥조보다 더 소중하게 섬기고, 그 틀 안에서 모든 것을 가두어 단순화시켜버리는 게 부부의 속성이 아닌가. 그래서 마치 미혼 때에는 인간이 아니었듯이, 부부라는 하나의 단위가 되어서야 비로소 인간이 되었다고 생각되지 않던가.

너무 가깝기 때문에 너무 오래 같이 살기 때문에, 서로 진력나고 싫증나기도 하고, 내 생각인지 남편이나 부인의 생각인지 구별되지 않아서 갈등이 생기기도 하지만, 그것들이 오히려 신선한 변화가 되어주지 않는가? 마치 내게도 그런 점이 있었던가? 써억 괜찮은 자기 장점을 발견했을 때처럼, 때로는 서로가 멀어지는 감정 갈등도 필요하게 되는 사이가 부부 사이 아닐까?

상하의 사이가 아닌 동등하고 대등한 학교 동창생이나 죽마고우처럼 가장 편안한 친구 사이. 그러다간 어머니와 아들 사이, 할머니와 손자 사이로 변모되어가지 않을까? 아니 여신과 인간 사이 같아지진 않을까?

안 어울린다고 사 입지 않았던 전혀 다른 취향의 옷을, 한번쯤 분위기를 바꿔보고 싶어서 사 입어보니, 그 즉시는 괜찮고 기분 전환이 되기도 했지만, 왠지 불편하고 자기 자신이 전혀 딴 사람같이 느껴져서, 결국엔 예전에 입던 헌 옷을 다시 입고서야 편해지는, 그런 사이가 부부 사이가 아닐까? 거리에는 참으로 멋진 남성과 여성이 널려 있어도, 차 한 잔쯤 마시는 정도의 기분 전환 상대로서는 훌륭하지만, 허물없이 자유롭고 편안하게 같이 생활하기에는, 아무래도 헌 옷 같고 내 집 안방 같은 내 아내, 내 남편이 제일이라고 느끼게 되는 귀결이 부부 사이가 아닐까? 여행이 아무리 신기하고 즐거워도 오래 할 만한 것이 못 되듯, 일류 호텔이 좋아도 구질구질한 내 집의 안방보다는 덜 편하듯이, 부부 사이도 결국엔 그런 결론에 이르게 하는 사이가 아닐까?

간혹 남편들은 늙고 초라해진 자기 아내보다는 젊고 아름나운 여성에게 끌릴 수도 있으리. 그러나 상대를 모르기 때문에 눈깔사탕 같은 감미로움에 잠깐 혹할 뿐이지, 결국엔 그저 그런 물맛 같은 아내가 더 좋다고 결론짓게 되지 않을까? 어떤 부부는 일생을 연애하듯이 산다고 하지만, 그런 말은 입술에 침도 안 바른 거짓말로 들린다. 부부가 어찌 연애 상대처럼 서로를 모른 채 평생을 산단 말인가?

서로를 몰라야 연애가 되지, 몰라도 좋을 것까지 다 알게 되는 부부 사이에 무슨 연애가 가능한가?

그래서 연인이었다가, 아내가 되고, 누이가 되고, 어머니가 되어가는 길이, 한 남자와 살아가는 방법이 아닐까? 대체로 남편은 아내보다 단순하여, 평생에 몇 번은 모종의 방황을 하게 마련이 아닐까?

그런 방황에서 황량해진 영혼으로 돌아온 남편을 맞이하는 아내는 마치 어머니 같기 때문에, 그런 의미에서 아내의 길은 연인에서 출발하여 아내요, 누이이며, 어머니라는 해탈과 초월의 경지에 이르게 되는 게 가장 현명한 아내상이 아니었을까?

그러나 남편들은 연인 시절에는 보호자이다가, 결혼과 함께 남편이다가는, 아내의 남동생이 되고, 다시 아내의 아들이 되고, 드디어는 무한히 자비로운 아내의 품안을 파고들어 어리광을 피우고 싶어 하는, 아내의 손자쯤이 되어버리는 게 가장 한국적인 남편상이 아니었을까?

아내들은 끝없이 참고 용서하며 베풀다가 초월적 해탈에 이르는 과정을 지나서, 더없이 단조로워지고 마는 가장 엄숙한 종교적인 부부 사이에 도달한다. 남편들은 어리고 미숙하고 유치해지는 과정을 거쳐서, 가장 철부지 어린아이의 단조로움과 엄숙함에 이르는, 정반대의 과정을 거쳐서 비로소 합일에 이르게 된다면 잘못된 견해일까?

남편을 제가 키운 아들 중에서 가장 철부지로 여길 줄 알만치 단순해진 아내는, 성모 마리아 같은 아내일 게다. 그래서 살아가면서 누가 밑지고 누가 득이라는 것을 따지지 않게 되고, 오로지 베푸는 아내에게서 오로지 받으며 응석 부리는 남편이 이룩하는 가정은 얼마나 거룩한 교회인가? 그래서 부부가 일생을 같이할 수 있으며, 그들 사이는 끝없이 용서하는 여신과, 끝없이 잘못을 비는 신자와 같이 엄숙한 종교라고 하지 않을 수 있으리.

한 지붕 밑에 두 여자는

"한 지붕 아래 두 여자가 같이 살면 안 된다." 이 말은 나의 클래스메이트인 미국 남자로부터 들은 것이다. 그는 자기 어머니와 함께 살다가 아내와 이혼을 한 전력의 사나이였다.

가끔, 이름도 잊어버린 그 사나이의 말이 진실로 절구絶句로 받아들여질 때가 있다. 정말이지 한 집에 두 여자가 산다는 것엔 적지 않은 갈등이 있다. 비록 그들이 어머니와 친딸이라고 해도.

하물며 남의 어머니와 남의 딸로서 고부간이랴. 더구나 고부간의 갈등은 유구한 역사와 전통에 빛나는 유명한 경력을 가진 것으로서 말이다.

이 세상에서 가장 불쌍한 남성, 그대는 어머니와 아내 사이에 끼여 사는 남성이리라. 어머니는 나를 낳아 준 분이요, 더욱이 우리나라의 어머니는 남다른 광적인 애정과 되돌려 받으려는 효孝에 기대를 걸고, 헌신을 아끼지 않으며 아들을 키워 오신 분이다.

아내로 말하면, 오로지 남편 한 사람만 바라보고 희망을 걸고, 낯설고 습관과 풍속이 다른 집안에 들어온 약자의 처지. 마음 터놓고 말 한마디 할 사람이라곤 남편밖에 없다.

어머니를 따르는 것은 인륜의 도리요, 아내를 따르는 것은 자연 발생적 본능. 상반된 이 두 길에서 아들이며 남편인 그대는 어떻게 처신을 해야 할 것인가.

그대는 한 여인의 남편으로 세상에 태어나기 전에 한 여인의 아들로 태어났음을 잊어선 안 된다. 그러나 그대는 한 여인의 아들로 죽지 않고, 한 여인의 남편으로 살다가 죽을 것도 잊어서는 또한 안 된다. 더구나 몇몇 아이들의 아버지로서 일생을 마칠 것이란 사실도 두렵게 받아들여야 할 것이다. 그렇다면 무엇보다도 자신의 주관이 뚜렷한 남성이 되어야 할 것이다.

어머니의 말씀에는 공손하되, 어머니에게도 주관이 뚜렷한 아들로서, 호락호락 넘어가지 않는다는 인상을 굳혀야 하고, 더구나 아내에게는 더욱더 자기 입장이 분명한 남편이란 점을 굳게 못박아줄 필요가 있다. 사실 이런 남성은 어머니와 아내로부터 힐난을 받게 되지만 신뢰와 존경도 동시에 획득할 수 있다.

다음으로는, 절대로 부화뇌동附和雷同하지 말 것이다. 어머니 앞에서는 아내의 단점에 공감하여 어머니 편을 들고, 아내와 함께하면 아내의 편을 두둔하는 쓸개 없고 줏대 없는 남성은 되지 말아야 한다. 이런 남성은 어머니와 아내 모두로부터 경멸의 대상이 된다.

그렇다고 절대로 어느 한쪽을 두둔하지도 말 일이다. 어머니 쪽만 두둔하면, 아내에게 실망을 안겨 주어 두 번째 결혼을 준비해야 되며, 아내 쪽을 두둔하면 팔불출이 되기 때문이다.

언제나 공명정대한 중립을 고수하되, 뚜렷하고 흔들리지 않는 굳은 줏대를 보여야 한다. 며느리 흉을 보는 어머니의 말씀은 듣자마자 곧 잊어버리고, 시어머니를 못마땅하게 여기는 아내의 말도 귀담아듣지 말거나 흘려버릴 일이다.

사람 사는 생활은 크고 작은 갈등과 표현 불가능한 유치한 감정들의 그물 때문에, 울고 웃는 아기자기한 일들이 있을 수 있는 것이다.

그렇기 때문에 그럴수록 아들이자 남편은 대범하고 묵직하며, 누가 뭐래도 자기 소신대로 행동하는 의젓한 사나이여야만 하는 것이다.

위의 몇 가지 원칙만 고수한다면 세월이 지날수록 시어머니는 아들보다 며느리와 더 가까워지고, 며느리도 남편 몰래 시어머니와 모사할 것이다. 이때까지를 참지 못한다면 두 여자가 한 집에 살지 않을 수밖에는 다른 도리가 없을 것이다.

가정에서 대장부라야 사회에서도 대장부가 되는 것임을 명심(?)하는 방법밖에는…

규희 양에게

저기 저기 저 가을 꽃 자리
초록이 지쳐 단풍 드는데

눈이 내리면 어이하리야
봄이 또 오면 어이하리야

눈이 부시게 푸르른 날은
그리운 사람을 그리워하자.

사랑스러운 소녀 규희.

지금 막 규희가 들려준 시는 미당未堂서정주徐廷柱의 「푸르른 날」이
지요. 그래 우리 함께 이 푸른 가을 하늘을 이고 그리운 사람을 그
리워하며 살아요. 아직 어리고 철없는 규희에게도 그리운 사람 하나
생기기를 빌어요.

깊어 가는 이 가을철, 나는 여기저기서 규희를 보았어요. 은행잎 노랗게 내려 쌓인 덕수궁 뜨락에서, 바람 부는 광화문 지하도에서, 아니 그 많은 지하철 정류장의 긴 의자에 앉아 있는 소녀들. 책방에 선 채로 정신없이 책을 읽는 소녀들… 그들 모두가 기특하고 신통하고 어여쁘기 그지없는 소녀 규희니까요.

늦은 퇴근길에 불빛 새어 나오는 창가를 지나면서, 아마도 우리 소녀 규희가 파란 이마의 솜털을 쓸어 가며 좋은 책을 찾아 읽는 모습을 보는 듯 가슴 뿌듯하였지요. 영혼의 심지를 돋우어 가며 마치 목마른 사슴이 생수를 탐하듯이, 우리의 소녀 규희는, 용기 있게 진실로 용기 있게 사랑을 실천하며 살다 간 선인들의 행적을 읽을 것이라고 믿곤 했지요.

보다 많은 사람들을 사랑하며, 보다 의로운 길을 걷기 위하여 고뇌하며, 베풀며, 비웃음도 조롱도 형틀까지도 사양치 않았던 거인들이 걸어간 크나큰 발자국을 따라가노라고, 맑은 두 눈을 반짝이는 소녀 규희를 생각하면서 우리의 현실이 비록 그늘져 어둑한 데가 있다고 할지라도, 책을 읽는 규희, 더구나 고금의 명저, 피와 살이 되는 좋은 책을 탐독하는 숱하게 많은 규희들이 우리 곁에 있음으로써, 우리의 내일은 웃음과 건강이 약속되는 것이라고 흐뭇하였지요.

놀고 휴식할 때와, 몰두하여 책을 읽고 정신 쏟아 공부할 때를 가리고 실천할 줄 아는 소녀 규희. 규희가 읽어 내는 고타마 싯다르타, 젊은 청년 그리스도의 행적… 수천 수백 년을 거쳐 오면서 역사의 준엄한 평가를 받은 책들을 읽으면서, 규희 나름으로 인격이 깊어지고 높아지고 넓어지기를 진심으로 희망하지요.

규희 나름대로의 인생을 살아가되, 슬기롭고 밝게, 경쟁과 협동을 조화시키며, 사랑을 베풀 줄도, 사랑받는 법도 터득하면서, 이웃과 친구를 소중히 여길 줄 알며, 자기 집과 자기 나라를 사랑할 줄 알며, 아니 내 우둔한 조언 이상의 것을 스스로 터득하면서, 세상을 살아가는 지혜를 얻어 내기 바라고 바랄 뿐이죠.

눈물 나도록 가을볕이 밝고 따가운 10월 어느 오후, 홀연히 나는 낯선 간이역에 내리고 말았습니다. 빈손으로 기차를 내려선 곳은 적막하리만큼 조용하고, 보이는 사람이 아무도 없었습니다.

나는 한동안 망연히, 아니 무엇을 어떻게 해야 할지 모른 채, 철로 옆에 서 있었습니다. 나를 떨군 채 떠난 기차는 지금 막 산모퉁이를 돌아 꼬리를 감추었습니다.

마치 정갈하고 황홀한 새로운 세계에 첫발을 내려놓은 것처럼 주위는 마냥 고요하고, 고요하다 못해 그윽하고 적막할 뿐인….

누구를 찾아, 무엇 때문에 나 여길 왔을까? 정말이지, 나는 그 누굴 만나러, 더구나 무슨 용무가 있어 여기에 내린 것은 결코 아니었으니까요.

저어기 저만큼 비어 있는 벤치로 걸어가면서, 발걸음을 옮길 때마다 소리 나는 자갈돌의 목청이, 이 작은 간이역을 뻗어서 굽이쳐 간 철길을 울리는 듯도 한데, 나는 내가 앉으려던 빈 벤치에서 한 소녀의 모습을 보았습니다.

지극히 평범한 까만 머리 소녀를. 무거운 책가방을 무릎 위에 놓은 채, 고개 들어 가을 하늘을 우러르는 소녀를. 나는 그제야 내가 왜 이 간이역에 내렸는지 알 것 같았습니다.

규희, 나는 이 낯선 간이역에서 만난 소녀 그대를 규희라고 부르고 싶었습니다. 우리 이웃, 낯익은 거리, 또는 고향 마을 어디서나 쉽게 만나 볼 수 있는 그런 소녀들 중의 하나일 수 있는 규희. 그래서 지극히 평범한 이런 이름을 붙였습니다.

가을 하늘빛만큼 눈빛이 푸르르고, 표정이 밝은 소녀 규희. 아마도 기차 통학을 하며 학교를 다니는 듯한 소녀 규희. 나는 지금부터 규희와 많은 이야기를 나누고 싶습니다.

코스모스 흐드러지게 피어 있는 둑길을 걸어서 집으로 돌아가는 규희는, 규희 또래 모든 소녀들과 다를 바 없지만, 어딘가 좀 다른 데가 있기를 바라고 싶습니다. 예컨대, 귀를 찢는 듯한 팝송도 즐기지만, 길섶의 풀벌레 울음도 사랑하며, 장중하고 깊은 클래식의 맛도 즐길 줄 알기를. 많은 소녀들처럼 웃고 재잘대고 떠들면서도 깊고 그윽한 마음 자락을 지녔으면 하고. 남들이 파마를 하더라도 어깨에 철벙대는 머리를 가꿀 줄 알고…

그중에서도 특별히 내가 바라는 것은 유명하진 않아도 좋은 시를 쓰는 몇 사람의 시인을 아끼고 사랑할 줄 알며, 그들의 시를 즐겨 읽고 욀 줄도 알게 되는 것입니다. 유명하다는 것과 훌륭하다는 것을 구별할 줄도 알게 되기를.

남들이 좋아한다 하여 멋모르고 따르지 않고, 얼마간의 고민과 얼마쯤의 고통을 겪고 나서 규희 자신의 취향과 판단에 따라, 비록 유명하여 번쩍거리지 않아도 순수의 시인 몇 사람을 발견할 줄 알고, 그들이 쓴 간절하고도 절실한 몇 편의 시를 외며, 이 좋은 가을 날 가을 길을 걸어가는 소녀가 되기를 바라 마지않습니다.

친구들과 모이는 즐거움을 알되, 몇 줄의 시를 외면서 홀로 걷는 기쁨도 발견하고 실천할 줄 아는 소녀가 되기를 바랍니다. 규희, 규희가 비록 시인이나 글 쓰는 사람이 되기를 희망하지 않더라도, 시의 멋과 맛이 깃들여진 생활의 가치와 품위를 아는 사람으로 자라기를 바랍니다.

오늘같이 좋은 가을날 오후. 규희가 걷고 있는 가을 강가를 나도 함께 걸으면서, 낭랑한 목청으로 들려주는 서정시 한 수, 이 시를 들으러 아마도 나는 이 간이역에 내렸는가 봅니다. 규희 같은 청아한 소녀를 만나러 여기 이 낯선 정거장이 날 불렀을 것입니다.

> 하늘이 푸르른 날은
> 그리운 사람을 그리워하자.

나의 동생, 또는 조카와 같은 소녀 규희. 나는 후배인 수많은 규희들에게 때묻은 기성세대, 무기력한 중년으로서 진정 크나큰 기대를 걸며 이 글을 마칠 뿐이랍니다. 지혜의 바다 명작 속을 헤엄쳐 다니는 수많은 규희들에게, 이 깊은 가을밤 불빛 같은 미소를 보내고 싶어요.

스승 목월님께

오늘 용인龍仁의 선생님 처소處所를 두 번째로 다녀왔습니다만, 미진한 마음 탓인지 문득 편지를 드리고 싶습니다. 참으로 오랜만에 선생님께 글월을 드리는 것 같아요. 아마도 십수 년 전 추천받을 원고와 함께 올릴 때의 편지, 그 후 처음이 되겠지요. 앞으로도 제가 사는 일에 바빠 용인으로 찾아뵙지 못할 때는 글월을 드리기로 저 혼자 작정해 버렸어요.

선생님, 홀로 찬바람 부는 산자락에 모셔 두고 저희 모두가 돌아와야 할 때는 눈물이 펑펑 쏟아지더니, 오늘은 두 번째라선지 선생님이 사실 곳은 원효로가 아닌 용인인 것이 한결 마음 가벼웠어요. "아무렴, 원효로보다야 낫지. 소나무 숲을 거니시며 갈대 울음 섞어 시를 읊으시고…" 저 혼자 중얼거려 보니 가슴이 젖는 듯 다시 슬퍼집니다. 처음엔 하늘이 무너진 듯 암담하고, 고아처럼 버림받은 듯 원망스럽기만 했는데, 다시 생각하니 선생님은 저희를 버리신 것이 아니라, 저희 마음에 영원히 살아 계시기 위해 가셨으며, 저희 또한 선생님을 빼앗긴 것이 아니라, 시업을 닦는 일에 스승의 자세

를 배우며 혼자 설 수 있어야 하기에 저희 일을 선생님은 미리 염
려하셨음도 깨닫게 되었어요.

그래서 선생님을 송홧가루 날리는 윤사월을 즐기시며, 청노루 맑
은 눈에 어리운 구름을 탐내어 시를 쓰시며, 천년이 지나도록 60을
한두 해 더 넘기신 은발의 아름다운 모습으로 살아 계실 것을 신앙
처럼 믿습니다. 저희는 이렇게 스스로를 위로하며 3월 24일의 슬픔
을 잊고 싶고, 입관을 지켜보던 참담함을 달래며 부활의 기적을 바
라며 들어선 원효로 댁에서 선생님의 영정만이 "유 군 왔나!" 맞아
주신 그 허무를 애써 지우고 싶습니다. 길을 걷다가도 문득 안타까
운 패배감, 마치도 어릴 적 귀한 과자를 자랑하는 데 힘 센 아이가
뺏어버렸을 때의 거짓말 같은 제 빈손 그 절망을 안겨 주며, 신은
저희에게서 선생님을 빼앗아 갔다고 슬퍼했지만, 지금 생각하니 선
생님은 저희가 언제고 찾아가도 뵐 수 있고, 이렇게 글월도 드릴 수
있는 가장 가깝고도 아름다운 선생님의 시의 세계에 사시며, 19문
반의 고무신을 신고 구름에 달 가듯이 흰옷자락 펄럭이며 용인 장
터에도 다녀오시고, 밀밭 길을 걸어 이웃 마을에 나들이도 하실, 영
원한 처소로 이사하신 것뿐임을 믿습니다.

어느 때는 양지바른 산기슭 비탈 밭에서 흙 묻은 손을 털고 "유
군 왔나"하고 맞아 주실 테고, 때론 밭두렁에 앉아 시를 얘기하시고
신작도 보여 주시며, 어디서 제 글을 읽었노라고도 하시겠지요. 또
어느 때는 밭일을 멈추시고 맨발로 교회당으로 걸어가시는 뒷모습
을 보고 몰래 따라서 가면 기도하시는 경건한 모습, 그 뒤에서 저도
무릎을 꿇고 싶어지겠지요. 선생님 기도에는 솔바람·갈대 소리도 섞

여, 들리기는 해도 알아들을 순 없을 거예요. 그래도 괜찮아요. 선생님은 기도를 짧게 하실 테니까요.

맑은 가을날엔 선생님 댁 툇마루에 앉아 메밀묵을 내오라시고, 서울 얘기도 물으시겠지요. 선생님은 처음 저를 보셨을 때의 그 얘기를 또 하시겠죠.

시작詩作노트를 갖고 한양대학으로 선생님을 찾아가던 길, 왼편 오르막의 유난히도 희고 눈부신 찔레꽃 무더기는 제가 얘기할게요.

그러면 선생님은 또 '화신' 뒤 설렁탕집에서의 애길 하셔도 전 부끄러워 않겠어요. 너무 부끄러워 선생님 앞에 있는 소금 그릇을 끌어오지 못해 맨 설렁탕을 먹었던 저의 바보스러움을 제 첫 시집 출판기념 모임에서 공개하셨을 땐 무척 원망스러웠다고 이제야 항의할거예요. 맨 설렁탕을 먹는 저를 보시고 '저런 숙맥이니 시인은 되겠다'고 생각하셨다니 왜 그렇게 생각하셨는지 알고 싶어요.

그리고도 선생님과 함께 있고 싶은 걸 억지로 참고, 사모님의 못마땅해 하시는 안색을 몇 번 더 살핀 뒤에, 슬그머니 일어서 서울행 버스를 타러 좁은 길을 걸을 거예요. 보랏빛 어리운 선생님 댁 뒷산, 바윗돌도 몇 번이고 더 돌아보겠지요. 차창 밖으로는 징검다리께까지 배웅 나오신 선생님이 그저 서 계시겠지요.

그래서 슬퍼하지 않기로 굳게 마음먹었습니다. 자주 못 뵙는 대신—목련꽃 피는 날엔 그 꽃그늘에서 주신 시집을 펴 읽고, 손수 써서 표구까지 해주신 족자도 바라보고, 기러기 우는 가을 저녁때에, 또 눈 오는 겨울날엔 이별가를 부르지요. 그러다가 '심상사'에 들러 우리 몇이 모이면 토요일 오후나 주일날 같은 때 용인, 선생님 댁으로, 아니 시인의 영원한 처소로 뵈오러 가지요. 다음 글월 드릴 땐 서울 저희들 얘기를 쓰겠어요. 선생님 안녕히—안녕히 계시옵소서.

버나드 쇼들의 오만과 편견, 여자는 남자의 기형?

저녁 『갈팡질팡 하다가 내 이럴 줄 알았지』라는 소설을 보고, 번역의 묘미가 새삼 음미되었다.

'I knew if I stayed around long enough, something like this would happen.'이라는 버나드 쇼의 묘비 글을 우왕좌왕 하다가 내 이럴 줄 알았지, 또는 우물쭈물 하다가 내 이럴 줄 알았지 등으로 번역한 예도 보아왔기 때문이리라.

그러나 어떻게 번역되든 그의 이 묘비명이 나에게 주는 놀라움은, 바로 내 생각 그대로였다는 점이다. 날마다 우왕좌왕 하는 나, 무슨 일에나 우물쭈물하기 일쑤인 나, 어디서나 갈팡질팡 하는 나를, 버나드 쇼가 꼭 집어주었다는 점이다.

'누구나 가장 높은 정점까지 오를 수는 있으나, 거기에 오래 머물 수는 없다(Man can climb to the highest summits, but he cannot dwell there long.)고 한 영국의 극작가인 조지 버나드 쇼는, 여성을 매우 싫어하여 평생 독신으로 금욕 생활을 했다지.

영국의 철학자 토마스 브라운은 기이한 논리로 말하곤 했다지.

'사람은 살았을 때보다 죽어 있을 때 더 무겁다. 남자는 전 세계다.

그러나 여자는 단지 남자의 갈빗대이거나 남자의 기형이다'라고 여성 혐오자들이 이상하게도 철학자들에게 많은 이유는 뭘까? 여자가 낳은 바가 남자인데, 남자야말로 여자의 기형이고, 여자가 전세계이지 어찌 남자이겠는가마는—.

그러나 조지 버나드 쇼는 여성 혐오자였다고 해도, 그의 위의 말은 옳다. 정상에 오를 수 있는 이도 드물지만, 거기에 오래 머물 수는 더욱 없지. 그러나 올라본 맛을 본 이들은 내려오길 싫어하고, 내려뜨려질까 봐 미끄러질까 봐 전전긍긍하는 예를 각국의 독재자들에게서 자주 보아왔으니까. 이 버나드 쇼의 통찰력에도 말문이 막힌다.

버나드 쇼라는 이름이 하도 많아서, 어느 버나드 쇼인지는 구분하기 힘들지만, 아무튼 이들 유대계 인사들인 버나드 쇼들 모두는 놀라운 오만으로 살았던 모양이다.

사랑은 눈으로

누구나 잘 알고 있는 이 시 구절은 미당 서정주 선생님께로부터 자주 들었다.

맥주 집에서 '옥분이 가져 오니라'라고 하면, 오프너라는 병따개를 뜻했는데, 선생님만의 특유의 어휘에 다들 한바탕 웃으면서 놀라곤 했다.

미당의 '사랑은 눈으로'는 우리가 잘 아는 알프레드 로드 테니슨의 시구詩句가 아닌가.

Love is the only gold.

Love comes in your eyes.라는 구절이지.

사랑은 왜 먼저 눈으로 오는가?

우리 몸의 감각 중 87%는 시각으로 오고, 7%는 청각으로 오고, 나머지는 미각 후각 촉각으로 온다고 하니, 시각의 독점성 때문이 아닐까마는, 눈만 눈이 아니고, 만져본다 먹어본다 밟아본다 등등 우리말의 ~해 본다의 본다는, 눈만의 몫이 아님이 얼마나 다행인가.

마음으로 보는 판수判數는 두 눈을 능가하는 심안의 위대함을 일깨워주지. 맹인 테이레시아스는 세상을 보는 몸의 눈을 버린 다음에야, 세상 너머의 세계 미래를 볼 수 있는 영안이 열렸으니, 눈만 눈은 아니지만, 시 예술이 반드시 이런 과학적 근거나 철학적 사유 그대로 일 순 없지.

사촌 여동생 그것도 14살이나 연하인 그녀에게 반한 에드거 앨런 포가 아내 버지니아 클램에게 보낸 편지의 첫 구절은 '사랑스런 나의 맥박! 불꽃처럼 사랑하는 버지니아여!'였다.

폐결핵을 앓았던 그녀는 어머니와 함께 살며 간호를 받았는데, 그녀의 어머니이자, 포의 숙모인 포의 장모는 자기 딸과 결혼한 에드거 앨런 포를 무척 싫어했다고 한다. 아내가 죽자 포는 일생을 독신으로 살며 수많은 공포 소설을 썼다.

무엇이 그의 두 눈에 이외의 여자는 보이지 않게 했을까?

2부 미루나무 잎새만 한 엽서

가을 초목의 겸손으로

밤비 내리는 소리에 목이 마르다.

찬비를 맞으면서도 갈증이 더해지는 가을 수풀처럼, 가을 나무처럼 목이 마르다.

아마도 지금쯤 천지의 모든 초목은 그 발아래 더운 피를 쏟아내듯 붉은 잎새를 떨구고 섰으리라. 낭자히 붉은 선혈처럼 낙엽은 흥건히 젖어 누우리라.

참회의 기도인 듯 차가운 가을 밤비를 맨몸으로 맞으면서, 가장 처절한 본래의 모습으로 돌아가고 있으리라.

환희의 지난 봄철, 울긋불긋 어지러이 꽃피던 어리석은 모습들의 화려한 꿈이여, 그 꿈이 가져온 허망스런 종말의 이 시간, 아픈 뉘우침과 눈물의 기도밖에는 할 수 없는 무엇이 또 있단 말인가.

구름 잡듯 헛된 허상을 두고 열정을 바쳤던 지난여름 동안, 비린내 엉기던 가슴 가슴마다 무성히 우거진 허세도 교만도, 속절없는 가랑잎으로 돌아가 누울 수밖에는.

짧은 인생을 만 년이나 살 것처럼, 결단코 나만은 죽지 않고 영생

할 목숨처럼, 황홀히 부풀렸던 일만 가지 꿈, 명예와 사랑과 황금과… 이 모든 것이 이 밤 가을비에 떨어져 흙으로 돌아가는 낙엽의 그것과 무엇이 다르랴.

빗소리가 높아진다.

소리 죽여 흐느끼는 여인의 안타까운 기도처럼, 참회의 강에 몸을 던져 우는 가장 정직한 기도의 물결 소리처럼, 밤비 소리는 한결 높아진다.

저 미물인 가을 초목도 다스리시는 창조주의 섭리 앞에 어찌 베개 돋우어 무딘 밤을 잘 것인가.

일어나 가을 수목처럼 온몸을 적셔 울리라. 최후의 기도처럼 가장 처절한 흐느낌으로 기도하리라.

버릴 것 다 버리고 잃을 것 다 잃으면서, 인간이 추구할 삶의 표본을 보여 주신 인간 예수여. 가난한 목수의 아들이여.

그대가 몸소 가르치신 삶의 길이, 봄날 황홀한 꽃과 같은 단꿈이 아니었고, 더구나 여름날 살 비린내 무성한 짙푸른 녹음과 같은 탐욕은 더구나 아니었음을 새삼 알 것 같습니다.

가슴 죄어 안타까웠던 사람의 일과 경영, 사람의 가슴에 꿈틀거리던 짐승의 마음은 짐승의 뜻은 더욱 아니었음을 이 밤 다시 알 것 같습니다.

세상에서 가장 박복하고 험악한 운명으로 살다 가신 예수여.

오늘 내 모습이 가을 초목처럼 가진 것 없어 박복하더라도, 오히려 기쁜 눈물로 울기를 바랍니다.

내 살아온 길과 또 살아갈 길이 비록 험악하더라도, 나의 불운을 눈물의 기도로 조용히 삭여낼 수 있기를 바라나이다.

나사렛 젊은이여. 자꾸 목이 마릅니다.

이 밤 내손을 이끌어 허허 빈들에 세워두소서.

발가벗은 한 그루 가을나무의 용기와 겸허로, 밤새도록 밤비처럼 처절한 기도로 울 수 있게 하소서.

삼동三冬의 된서리와 눈바람의 형벌로 단근질하며, 죽지 않는 혼으로 다스려 주소서.

참된 기쁨은 언제나 크나큰 슬픔과 더불어 오는 것을 나 이제 조금은 알 것도 같습니다.

미루나무 잎새만 한 엽서

이따금 엽서를 쓰고 싶은 때가 있다.

군더더기 잔소리를 다 빼어버리고, 간절한 마음을 몇 줄로 담은 엽서를 띄우고 싶을 때가 있다.

하루 일을 끝내고 퇴근차를 기다리는 저녁때나, 비 오는 늦은 오후, 까치 우는 아침나절, 바람 부는 어느 시각에는 불현듯 몇 줄의 글을 담아 바람 편에 띄워 보내고 싶어진다.

그리고는 시야에서 아득히 사라져가는 내 마음 한 조각이 어느 누구에게 전해질 거라는 이상한 기적을 믿고 싶어지는 때가 있다.

나이 값도 못하는 철부지의 생각이나, 요즘처럼 나뭇잎이 눈물 나도록 아름다운 시절에는 한 장의 엽서를 쓰고 싶다. 더구나 유난스레 윤기 어려 반짝이는 미루나무 잎을 보면, 가장 아름다운 한 줄의 글을 그 잎새 하나하나에 써놓고 싶어진다.

일컬어 나뭇잎 엽서라고 할까.

어려서부터 미루나무와 가까이 살아온 탓일까. 나는 미루나무 잎을 좋아한다. 잎새의 생김새가 아기 손 같아, 바람 부는 날엔 꼬마들이 고사리 손을 마구 흔들어대는 것처럼 보이기도 한다. 미루나무 잎은 유난히도 잎자루가 길다. 그래서 결 고운 바람에도 수많은 잎새들은 저마다의 몸짓으로 흔들린다. 더구나 햇볕을 받아 반짝이는 나무 잎새들의 몸짓에는 맑은 물방울이 튕겨 떨어질 듯 청결하게 보인다.

바람 부는 날 미루나무 아래 서면, 소풍가는 유치원 아이들의 재잘대는 목소리가 들린다. 바람 부는 날 미루나무 아래 서면, 어릴 적 내가 좋아하던 동요를 치는 풍금소리가 들린다. 조약돌이 환히 들여다보이는 정갈한 시냇물 흐르는 소리도 들린다. 아니 흐르는 시냇물 위에 나래 접고 내려앉은 햇볕의 무늬, 햇살에 반짝이는 물비늘 터는 소리도 들린다.

요즘처럼 신록이 한창 고운 때, 미루나무 아래 서면, 내 좋아하는 미루나무 잎에다 몇 마디의 안부라도 써 보내고 싶어진다. 부질없는 생각은 다 접어두고, 일만 갈래 마음을 몇 마디로 꼭 집어내어 쓴 엽서 한 장을…

언젠가 내겐 말이 하고 싶어 미칠 정도로 외로웠던 때가 있었다.

방학 중의 적막한 기숙사 텅 빈 방에서, 말을 나눌 상대가 그리워 미칠 것만 같았던 때가 있었다. 그러다가 누구라도 만나면 무슨 말이든지 마구 쏟아 놓고 싶고, 아무리 많은 말을 했어도, 돌아서면 언제나 못 다한 듯 말에 갈증이 심해지던 때가 있었다. 그땐 정말 침묵이 무서웠다.

그때를 생각하면 지금의 나는 너무 말이 많아졌다, 한두 마디로도 충분한 것을 되풀이하며 강조하고 예를 들어 설명까지 한다. 그런 다음에 나는 늘 후회하고 더욱 외로워진다.

침묵이 나를 고독하고 슬프게 했듯이, 많은 말도 나를 얼마나 외롭게 하는지를 절감한다. 말이 많아지면서부터 내가 쓰는 시도 전보다 길어지고 있다.

될수록 언어를 아끼고 절약해 오던 나의 버릇이 어느새 수다 떨기로 변한 듯도 하다.

스스로 이러함을 감지해서일까. 나는 요즘 엽서에 대한 알 수 없는 애착을 갖게 된다. 긴 사연이 담긴 편지보다 짤막한 엽서를 받고 싶어진다. 건조한 나의 일상을 촉촉이 적셔 줄 우정 어린 몇 줄의 글에 깊이 감동되고 싶다. 두어 줄의 진실한 안부 엽서를 받고 오래오래 나는 감사하게 되기를 원한다.

소식 끊긴 옛 친구의 이름을 손바닥만 한 엽서에서 발견하고 싶다.

어느 날 내가 문득 보고 싶어져 안부를 전한다는 그런 정도의 글에, 가식 없는 표현에 나는 감동되고 싶어진다.

일만 마디 찬사가 일만 공간의 허무를 가져다주지 않을까? 심히 두려운 것은 말수가 점점 많아지는 바로 그것이 아닐까?

나 역시 몇 줄의 글에다 진실을 담아 한 장의 엽서를 띄우고 싶어진다. 그리운 벗에게, 아끼는 제자에게, 소식 끊긴 혈육에게, 어린 딸애에게… 미루나무 잎새만 한 초록엽서 한 장으로 하고 싶은 숱한 애기를 담아 보내고 싶은 오월 어느 날 어느 때가 있다.

아니, 미루나무 잎새에다 쓰고 싶은 간절한 몇 마디를 찾아내고 싶은 때가 있다.

가을에 열린 귀

외출에서 돌아오니 어머님께서 붉은 고추를 널어 말리고 계셨다.

볕바른 댓돌 아래 펼친 돗자리 크기만큼 가득히 널린 샛붉은 가을 열매를 만져보는 순간, 온몸에 끈적대는 땀기가 일순에 가셔지고 저절로 옷깃이 여며지는 이상한 충격이 왔다.

내가 알지 못하는 그 어느새 가을은 벌써 와 있었고, 여름 또한 서서히 물러가고 있었구나. 황소 뿔도 물러빠진다는 삼복더위, 넘쳐 흘러 주체 못하던 칠칠스런 녹음, 천둥과 벼락 끝에 쏟아지는 장대비를 맨살로 받아내고 받아 마셔, 여기 한 생명이 그 성실했던 삶을 증명하러 내게 온 것이다.

이 가녀린 풀포기의 삶을 경영하도록 자연의 섭리는 위대하였고, 이에 순복하는 여름과 가을이 물러서고 나아가는 순리도 어김없었다.

지난여름 동안 덤벙대며 요란스레 싸다니던 철없는 시선을 거두어들인다. 나의 생각보다는 남의 생각에, 나의 행동보다는 세상의 행동에, 자신의 결점보다는 타인의 결점에 곤두세운 촉각도, 분노하고 원망하던 신경도 안으로 불러들인다. 피곤하고 지겨운 생활의 타성, 지나친 욕심 끝에 덮치는 좌절, 까닭 모를 우울증, 빗나간 울분까지 거두어들인다. 그래 오랫동안 비워둔 습기 찬 마음 공간속, 거미줄을 걷어내고 먼지를 털어내고 곰팡내를 닦아내고, 가장 정직한 촛불을 밝힌다.

오다가다 길가에 돋아 자란 풀포기도 그 자신의 삶에 충실할 적에, 나는 무엇으로 시간을 보냈던가? 도끼로 찍어내어도 비명조차 없는 하찮은 초목도 꽃 피우고 열매 맺고 다시금 시고 떫은맛을 곰삭일 적에, 한 번밖에 없는 내 인생에 나는 무슨 맛을 창조하고 있었던가?

풀섶의 잡초들이, 수풀 속의 풀벌레가 각자의 삶을 성실히 살아가면서도 이웃과 더불어 우정을 나눌 적에, 나는 이웃에게 어떤 사랑을 베풀었던가?

마음과 마음에 장벽을 쌓고 손해 보지 않고 속지 않으려고 남보다 잽싸고 영악해지려고 이해의 눈빛을 번뜩거리며, 체면, 치레, 허세의 분가루로 자신을 감추고 겉으로는 즐거운 체, 기실은 살을 깎는 고통에 얼마나 몸서리쳐야 했던가?

이제는 목청이 떠날 듯이 울어대는 풀벌레의 실낱같은 아픔을 따라가자. 실올의 끄나풀을 따라서 가면 동이 트는 가을 새벽 산길이 열리고, 그 어느 길목에선 시리고 맑은 샘물이 솟아 먼지 묻은 영혼으로 크나큰 뉘우침과 자각의 눈이 열리리리.

가을볕 따가운 햇살을 받으며 익어가는 고추처럼 가을 열매처럼, 저절로 그냥 철이 들어 겸허한 생활의 자세도 배워, 좋은 가족이 되고 아끼는 이웃이 되어 더불어 힘껏 살 용기를 얻으리라.

굽이 돌면 힘겨운 고갯길을 가며, 인생의 길도 견딜 만큼 험하고 참아낼 만큼 고된 것임을 일러주는 바람도 불어오리라. 이 자각의 고개 너머에는 한줄기 강물도 소리 없이 흐르리라. 아우성도 울부짖음도 속으로만 삭여내고 검붉은 혈기도 마저 삭여내고 나서, 강바닥이 훤히 들여다보이는 드맑은 강물로 풀리어 흐르는 영혼의 성숙에도 다다르게 되리라.

"눈물을 흘리며 씨를 뿌리는 자는 기쁨으로 자기 단을 가져오리라."

나직이 일러주는 성자의 말씀같이 유유히 의연히 흐르는 강물, 물결에 일렁이며 떠내려가는 풀잎이라도 무심할 수 없는 가을의 감각, 진정 아름답도록 서러운 종말이란 사람의 것이 아니라 오히려 초목의 것, 저토록 아름다운 영혼의 집을 남기고 떠난 초목의 혼은 또 얼마나 오묘하랴.

강둑에 올라가면 갈바람에 머리 푼 갈대풀의 무리, 이별할 것에 이별을 고하는 깨끗한 손들, 그래 나도 허황스런 꿈에 이별을 고하자.

뜻 없는 허세에도 피곤한 자존심에도 이별을 고하자.

신의 발아래서는 그 누구나 용서받을 수밖에 없다는 것도, 후회하는 이도 아직 늦지 않았고 게을렀던 발걸음도 재촉하라고 바람은, 가을바람은 위로하고 타이른다.

이 크나큰 깨달음의 귀를 열어 자연의 목소리를 듣게 하시는 신의 자비여, 자연의 고마움이여, 뒤늦게나마 나는 갓 익은 햇고추를 내게로 보내기 위해서, 이른 봄부터 이 가을까지 정직의 땀방울과 고통을 이기는 눈물을 아끼지 않았을 농부, 이름도 모르는 어느 농부와 그의 어진 아낙에게 머리 숙여 감사의 뜻을 전하고 싶다. 수고하지 않고 편히 앉아서 이 사랑의 결실을 받아먹는 죄스러움에 부끄러워진다.

"할머니, 이게 뭐야?"

가엾은 도회지 아이들답게 어린 것들이 몰려나와 질문을 퍼붓는다. 어린 손자들이 알아듣도록 애써 설명하시는 어머님의 자애로운 음성과 어우르며 찌르레기 울음소리가 휘어지며 흐른다. 열심히 묻고 열심히 대답하고, 만져주고 배우고 쥐어주고 가르치는 교육의 현장에, 천천히 어둠이 깔리고 있다.

아름다운 한 폭의 그림이었다. 신비를 호흡하는 산교육의 현장이었다. 나의 아이들이 대자연의 이치와 그 위대함과 신비로움을 감촉할 수 있기를 바라는 어미된 자의 간절한 소망이 고개를 든다.

'인간이 체험할 수 있는 가장 놀라운 것은 신비를 감촉하는 일이다'라고 아인슈타인이 말했었지. 신비에의 감촉과 경탄과 끈질긴 탐구와 집요한 애정이 탄생시켜 주었던 위대한 인격자, 놀라운 과학자, 고매한 철학자와 사상가, 아름다움을 창조한 뭇 예술가들이 연이어 떠오른다.

자연의 품에서 뛰놀며 배우고 의문의 눈을 뜨고 혼자서도 실험하고 관찰하고 실패하고 실수하며, 그럼에도 거듭 관찰하고 자연의 언어를 알아듣게 되고 자연을 사랑하며, 정복하며 스스로 가르치고 깨우치는 희열과 노동을 너무 멀리 떠나왔다. 너무 오래 잊어왔다.

내일 아침에는 동네 공터로 아이들을 데리고 가야지. 길길이 자란 물쑥 향기에 취해서 놀아 주었으면, 여치도 방아깨비도 사마귀도 있어 주었으면. 아니다. 내년에는 마당귀를 헐어내고 고추밭을 만들어야지. 아이들과 함께 씨를 뿌리고 싹이 트고 자라는 것을 지켜보아야지.

"작년엔 고추 값이 금값이더니…."

어머님을 따라 다시 한 번 고추를 쓸어본다. 가을의 첫 손님 붉은 햇고추를. 완전한 인격체, 하느님의 완벽한 예술 작품을, 존경받을 농부의 어여쁜 자식들을….

용감하게 거역하라

  가족들이 성묘를 하는 동안 볕바른 산비탈에 앉아 있었다.

  봄빛은 눈이 부셨고, 먼 산 바윗등은 보랏빛 아지랑이를 피워 올리고 있었다. 때마침 지나가는 기차 소리가 아지랑이를 타고 하늘로 오르고 있었다.

  자연은 아름답구나. 아름다운 자연으로 돌아가 누운 무덤 속의 임자들마저도 아름답구나. 그러나 이상한 일이었다. 자연풍경이 그럼에도 나는 조금도 황홀해지지 않았다. 눈부신 꽃의 계절이, 몸을 뒤척이는 흙의 향기가 나와는 거리가 먼 듯, 어쩌면 조금도 상관이 없는 강 건너의 아득한 세상같이 느껴지는 것이다. 소외감이 지나쳐 무감각해 버린 것인가.

  사람들 속에서도 어울리지 못하고 다시 자연과도 어우러지지 못하다니, 꽃이 한껏 아름다울수록 나는 더욱 팔다리가 시리다. 아이들이 진달래꽃을 따 와서 손바닥에 놓아 주고 갔다. 아련한 빛깔과 여리디여린 꽃잎도 내 속에서 아무런 감동을 불러내지 못한다.

  내게 봄이 오지 않는 것이 언제부터였을까? 늘 손발이 차고 마디가 시려운 불행감과 우울과 짜증의 일상, 진종일 직장에서 시달리다

데친 나물처럼 지쳐 돌아오면 내 몫의 일은 늘 쌓여 있기 마련, 그 어느 하루도 되풀이 되는 일과에서 해방되지 못하는 슬픔, 춥게만 살아가고 있다는 생각, 그래서 모처럼의 이런 나들이는 오히려 내 일거리를 더욱 쌓아가는 것이 되지 않는가.

이런 생각에 잠기는 동안 어쩌다가 눈길이 갔을까? 바로 지척의 거리 비탈진 사태에서 한 포기 오랑캐꽃이 웃고 있었다. 진보라 쬐 그만 꽃송이 두세 개, 일어서서 다가가니 사태진 흙이 무너져 발목을 묻었다. 발을 빼고 물러서서 다시 바라보니 바람결이 없어도 흙은 조금씩 소르르 소르르 흘러내리고 있었다.

바람 한 번 세게 불어도 금세 흙더미가 쏟아 내려 덮어 버릴 듯한 자리, 봄비 한 차례만 지나가도 뿌리째 뽑혀서 흘러가 버릴 저 아슬아슬한 자리에 서서, 어찌 저렇듯 밝은 웃음을 웃는단 말인가?

사람으로 친다면 순간순간 다가오는 목숨의 위협을 목도하는 상황에서, 마땅히 공포에 질리고 절망에서 울부짖어야 할 처지가 아닌가. 나는 보았다. 불치의 병으로 시한부의 삶을 살아가는 환자의 절망과 탄식과 겁에 질린 표정을, 그리고 조난당한 배 위에서 갈팡질팡 아우성치는 장면을.

만물의 영장인 인간도 그러할진대 오랑캐꽃, 미물에 지나지 않는 보잘것없는 풀포기는 더욱 그러하거늘, 어째서 저토록 의연하고 태연스러운 미소를 풍길 수가 있단 말인가?

운명이란 말이 있지. 팔자란 말도 있고, 이 말들이 목숨을 지닌 모든 것에 적용되는지 어찌 저 가련한 한 포기의 풀꽃에는 해당되지 않으랴.

하고많은 자리, 숱한 옥토와 명당자리를 다 두고 하필 왜 저런 절망의 사태진 비탈에서 태어났단 말인가? 정녕 그것도 운명이며 팔자소관일 것인가?

태어날 장소와 시절을 마음대로 어쩌지 못한다는 상황에서도, 저 사태진 비탈의 오랑캐꽃 포기는 자기 운명과 팔자소관을 용기 있게 거역하고 있지 않은가?

마땅히 통곡하고 절망할 자리에서도 시절을 좇아 성실히 자기 사명을 완수하려 꽃을 피우고 꽃이 피는 한, 또 저렇듯 떳떳이 밝게 웃는 것이리라.

아무리 주어진 여건과 상황이 절박하다 해도, 그것을 딛고 일어서는 몸짓의 피눈물 나는 고통과 노력이 없이는 불가능하다 해도, 우리는 우리 한계를 극복하고 뛰어넘으려는 거역의 몸짓으로 사는 것만이 제 값을 하는 목숨이리라.

어쩌면 하느님은 모든 생명에게 이런 시련을 주셨고, 저마다의 시련을 극복할 사명 또한 부여하셨는지도 모른다. 자기 몫의 시련과 운명의 한계 팔자소관을 극복하는 노력이야말로 가장 눈물겨운 비극일지도 모른다.

그러나 이 비극을 대면하고 거부하는 이야말로 진실로 용기 있는 승리자이리라. 이 비극 앞에 등을 돌리고 도망하는 자, 운명 앞에 무릎 꿇는 허약한 자, 팔자소관을 탄식하는 무능자가 있다면 이 얼마나 바보스런 비극의 주인공이겠는가?

어둡고 짙은 진보랏빛 얼굴을 들고서도 환히 웃고 선 난쟁이 오랑캐꽃. 있어도 좋고 없어도 서러워할 것 없는 저 풀포기의 웃음과 그 당당한 자세 앞에 왠지 나는 켕기는 것을 느꼈다.

저렇듯 당당하고 떳떳이 웃을 수 있는 웃음이라면 저 목숨의 성실성도 짐작할 수 있으리라. 오늘 있다가 내일은 사라져 버릴지라도 살아 있는 한 자기 할 일을 다 한다는 표정과 꿈을 지닌 눈매는, 하느님 앞에 떳떳함 바로 그 자세일 게다.

그런 다음의 책임은 목숨을 주관한다는 신의 소관일 따름인 저. 오늘 저녁 비바람이 저 여린 목숨을 흙더미 속에 묻어버린다면 그것은 오로지 신의 잘못이지, 오랑캐꽃 그의 잘못은 아니리라.

그래서 운명은 자기가 만든다고 했을까? 오오, 신이여. 사람이 어찌 저 미물에 지나지 않는 난쟁이 오랑캐꽃 한 포기만큼도 슬기롭지 못할까?

겨울나무, 나의 자세

먼 과거는 아름다운 추억이 된다. 세월의 마술은 못 견딜 아픔과 수치마저도 아쉬움과 감미로움으로 둔갑시키며 아늑한 추억의 베일로 가려 주기 때문이다.

그러나 가까운 과거는 언제나 부끄럽고 후회스럽기 마련이다. 더욱이 엊그제 같은 지나온 일 년 간 삶의 발자취에는 할 수만 있다면, 그 당장 지워버리고 싶은 회한이 생생히 쳐다보고 있어 오히려 까맣게 잊혀지기를 소원하게도 된다.

지나온 한 해. 어찌 생각하면 무척 짧은 세월이었지만, 때로는 또 얼마나 지겹도록 지리하고 힘겹던 세월이었나 돌이켜보면 잘못 판단하고 잘못 결정하고, 그래서 수많은 회한의 껍질이 수북이 쌓여있고, 더욱 더 안타까운 것은, 그것 모두가 다시는 오지 않을 생애의 한 토막이며, 거기에 쏟아 부은 땀과 눈물의 자취이며, 허황된 꿈의 껍데기였다는 사실이 아닐까?

그러나 진실로 감사할 것은 자신을 괴롭히는 가까운 과거, 아니 살아온 지난 일 년간의 발자취, 그 부끄럽고 안타까운 흔적이 참으로 우리를 겸허하게 만들어 준다는 점이 아니랴. 자신의 약점을 볼 줄 알고, 인정할 줄 알면서, 정직을 배우고 교만을 벗어나서 자기 삶의 태도를 겸손하고 신중하게 다스리고, 나아가서 타인의 잘못도 너그러이 용서하고 함께 아파할 줄 알며, 인생의 깊이와 넓이를 그리고 또 긴 안목을 얻게 되는 것이 아니랴.

지나온 일 년 동안 우리 모두는 각자의 목표를 세우고 자기 나라의 방식에서 성실히 땀 흘리며 살아왔다. 열심히 살고 싶어서 가족과 친구와 이웃을 사랑하고, 사랑이 지나쳐 질투하고 미워하기도 했을망정, 서로의 손을 잡고 도움이 되고자 애써 왔고, 그 누가 자신을 망치기 위해서, 친구와 이웃을 해치기 위해서 고군분투할 만큼 극악하고 어리석을 수 있었던 이는 결단코 아무도 없었다.

그러나 우리 나름의 사랑하고 사랑을 나누는 방식에서, 땀 흘리는 방식에서 잘못은 없었을까? 오히려 가족과 이웃에게 피해가 되는 것을 우리는 사랑이라고 생각하고 수고해 오지 않았던가? 그래서 열심을 다해 살고 간 자리에는 언제나 회오의 바람이 불고, 돌이켜 고칠 수 없는 아픔이 된서리 치는 것을 또 어쩌랴.

그렇다. 그 누구도 잘못 살기 위해서 노력했던 것은 결코 아니었다는 자신 있는 이 위로가 있어, 새해를 위한 소망은 언제나 지난해의 잘못을 밑거름 삼아 움트게 된다.

어찌 보면 수없이 거듭되는 해와 달의 숨바꼭질 끝에 일 년 열두 달이 가고 다시 새해가 된다는 반복이 더없이 무의미한 것 같지만, 흐르는 세월을 토막 쳐서 일만 단위로 정하고 12월의 막바지에 올라서 되돌아보며 아프게 자신을 반성하게 한 인간의 지혜는 찬양받아 마땅할 것이다.

사람이 살아가는 일생의 수많은 12월을 거친다는 것은, 그만치 자기를 반성하고 겸손을 배우고, 그리고 새로운 발돋움의 슬기를 터득하는 기회를 그만큼 많이 허용 받는 것이리라. 가차 없는 반성과 깊은 회한의 12월 송년의 비감에 젖어들게 됨으로써, 다시는 오지 않을 세월을 무겁고 소중하게 살 줄 알며, 겨울 추위 같은 아픈 매를 스스로 때림으로써 아픔과 기쁨의 가치를 깨닫기 위하여 옳은 길도 발견하게 되는 것이다.

지난 한 해를 어떻게 살아왔든 지금은 돌이켜 반성할 때이며, 온갖 꿈의 허상을 떨쳐 버리고 다음 한해를 위하여 스스로 자청하여 겨울 매를 맞고 선 나무의 준엄한 자세를 배울 때다.

철저한 진통, 철저한 회한 그 다음에 세워지는 눈바람에 우는 플라타너스 울음을 함께 울어도 좋으리라. 또는 자신의 삶을 의미 있게 살기 위한 고뇌의 이마에 주름살 접어가며 12월의 거리를 방황해도 좋으리라.

요컨대 삶의 의미란 모든 다른 것과 조금도 다를 바 없이, 가치롭게 살고자 괴로워하는 그 괴로움의 깊이만큼 의미도 깊어진다는 것을 혼자서 깨닫는 기쁨을 얻으면 더욱 좋으리라.

그 다음에 마주치는 이웃과 따스한 웃음을 나누어 가질 용기를 얻으리라.

사월에 피는 꽃은

4월은 꽃의 달이다. 눈물 나도록 아름다운 꽃의 달이다. 종류에 따라 다르긴 하지만 대부분의 꽃은 4월 한 달 동안에 거의 다 피고 거의 다 져버린다. 세상에서 꽃보다 더 아름답게 왔다가 황홀하게 져가는 목숨도 드물 것이다.

승용차 깊숙한 뒷자리에 목을 묻은 이들의 가슴이나, 꽃그늘 아래서 진종일 엄마를 기다리는 산골 아이의 가슴에도 어떤 슬픔과 고독은 서릴 게다. 비록 느껴지는 슬픔과 고독의 모양과 빛깔은 다를지 모르나 꽃의 달에 느끼는 인간사의 공통성은 마찬가지리라. 천부적 지혜와 영광의 상징인 솔로몬의 그것들과도 비길 수 없다는 한 송이 꽃의 지혜와 영광의 자유를 볼 때, 결단코 인간이 만물의 영장이 될 수 없음을 통감하지 않을 수 없으리라.

틈날 때마다 심산유곡을 찾아들어 개구리 도롱뇽을 잡아먹으면서 오래 살겠다고 안간힘 쓰는 사람들이나, 독사나 지렁이를 수입하여 먹는 사람들이라도, 문득 눈길 던져 우연히 눈에 들어오는 꽃에서 무엇인가를 느끼게 될 게다.

내가 살면 얼마나 오래 살 것인가. 한 걸음만 물러서서 자기 모양을 바라본다면, 몬도가네의 추태까지 사양치 않으면서 오래 살기보다는, 순간을 살아도 제 모습을 잃지 않는 꽃처럼 사람답게 살다가 죽는 것이 얼마나 아름답고 소중한가도 느끼게 되리라. 그리고는 지금의 자기 모습이 얼마나 고독하고 불쌍한 몸부림인가를 부끄럽게 느낄 수도 있으리라. 만약 한 줄기 눈물까지 흘릴 수 있다면, 그에게는 아직 구제 가능한 수준의 그루터기가 남아 있는 것이리.

슬픔이나 고독은 감정의 사치가 아니다. 슬퍼해야 할 일에 마땅히 슬퍼할 줄 알고, 고독할 때 고독할 수 있다는 것은, 진실로 사람다움이며 양심에 순종하는 갸륵함일 게다. 비누는 몸을 씻어 주고 눈물은 마음을 씻어 준다는 유대의 격언처럼, 꽃의 4월, 한 번쯤 슬픔과 고독으로 마음을 씻는 것도 보다 사람다워질 수 있는 길이 되리라.

피는 꽃과 지는 꽃을 보면서, 마치 수풀 속 정갈한 바위틈에 샘물이 괴듯이, 한 모금의 정갈한 슬픔과 고독이 우리 가슴에 서려 필수 있다면, 그 생수로 마음의 때를 씻을 수 있을 게다. 그럴 수만 있다면 우리 주변은 얼마나 정갈하고 아름다워질 수 있으랴.

꽃의 아름다움, 꽃의 자유와 화평을 배우고 싶다. 산비탈 벼랑 꼭대기에서나 더러운 거름 더미, 언제 밟혀 죽을지도 모를 길가에서도 본연의 모습대로 고고하고 익연하게 웃으며 피어나고야 마는 자유, 그 자유로운 웃음이 다스리는 화평을 배우고 싶다. 아무리 더러운 거름 더미라 하더라도 꽃이 꽃답게 피어남으로써, 주변의 추함은 아름답게 다스려지고 화평의 분위기는 이루어지는 것을.

그래서 아직까지 자연은 사람을 가르쳐 왔는가. 자연보다 더 완벽한 예술, 더 완벽한 학문과 진리는 다시 없는가.

가신 이들의 헐떡이든 숨결로

곱게 곱게 씻기운 꽃이 피었다.

……

그 몸짓 그 음성 그냥 그대로,

옛사람의 노래는 여기 있어라.

「꽃」이라 제목한 미당未堂의 시구이다. 정녕 피어 흐드러지고 그리고 비바람에도 황홀하게 질 줄 아는 꽃의 생리는 분명 자연의 섭리이지만 인간의 관여가 없을 수가 있는가. 비록 해마다 반복되는 섭리라 할지라도 그 섭리를 타고 인간의 역사는 이루어져 왔지 않은가.

모든 꽃들은 저 홀로 무심히 피고 지는 것이 아니라, 가신 이들의 더운 숨결과 목청과 몸짓대로 피는 것이리. 정녕코 우리의 산하에 피고 지는 꽃들도, 오천 년 우리 역사 고통스럽던 시기마다 꽃같이 숨져간 무수한 충심들이 다시 살아오는 그 모습임에 분명하리.

꽃 지는 가지 아래 서 보자. 왠지 가슴 가득히 슬픔은 차오르고 슬픔의 물 위에 꽃잎은 낭자히 떨어져 흐르는 것 같다. 그리고는 우리의 핏줄을 타고 실핏줄을 타고 전신으로 흐르는 무엇을 느낄 것도 같다.

확실히 우리 주변엔 전보다 꽃이 많아졌다. 꽃에 관심을 둘 만큼 우리 생활에 여유가 생긴 때문이기도 하지만, 자유와 평화를 위해

꽃다운 단심丹心을 보여 준 선인들의 공헌도 클 것이다. 그러나 다시 돌아보자. 우리 주변에 아름다운 꽃은 더 많아졌음에도, 우리 마음이 전보다 더 순수 후박해지긴 커녕 오히려 더 강박하며 무쇠 소리만 요란하지 않는가.

아마도 우리가 진정으로 꽃을 사랑하여 왔다기보다는 그저 장식으로 꽃을 이용해 온 탓일 게다. 마치 보석의 진가도 모르고 보석에 대한 남다른 애정조차 없으면서, 비싸다는 이유만으로 즐겨 치장하는 졸부처럼 말이다.

우리는 오늘도 우리 곁에서 자라는 꽃다운 목숨들은 사랑한다면서 얼마나 괴롭히고 있는가 말이다. 우리는 뽐내는 자세로 꽃씨를 뿌리면서도 과연 우리의 어린 자녀들이 제 모습으로 꽃 필 수 있는 밑거름이 되고 있는가.

모든 꽃은 아름답고 순수하다. 우리의 생사를 초월한 의미와 교훈조차 지녔다. 무한대의 자유와 무궁한 평화와 완벽한 아름다움의 정령으로 피고 지는 본성의 진달래와 개나리꽃이 4월의 꽃 계절을 여는 향연의 전령 노릇을 한다.

4월 한 달 동안 우리 곁에는 꽃이 있다. 언제 어디서나 꽃을 볼 수 있는 특혜와 교훈의 달이기도 하다. 가신 이들의 헐떡이는 숨결로 피고 지는 꽃을 보며 자기 모습을 돌이켜 보는 슬픔과 고독으로 마음의 때를 씻어 봄직도 하다.

그리하여 이십 몇 년 전의 함성. 우리의 혈관에 새로운 역사의 피를 수혈하여 아름다운 꽃을 피웠던 저 4월 청년들의 함성의 의미도 새롭게 되새겨 봄직하지 않는가.

쇠붙이와 강철시대의 봄을 맞으면서

얼었던 흙이 제 살을 풀면서, 흙의 향기가 풍겨나기 시작한다. 후미진 산자락이 아니라도, 흙 내음이 풍겨날 듯하니, 흙의 시대에 자란 세대다움일까? 그렇다. 나는 지금 같은 플라스틱이나 강한 쇠붙이 문화의 시대에 자라지 않았다. 저 원시 시대 같은 흙먼지와 부드러운 나무의 문화에서 잔뼈가 굵었다고나 할까? 그래서 흙과 나무의 문화에 더 가깝다.

그러나 사람들은 부드러워서 연약하고 불에 타 버려서 깨끗이 연소가 되는 나무나 흙보다는, 더 강하고 단단한 강철과 쇠붙이의 시대로 옮겨왔다. 이것을 발전이라고 하면서, 사람들은 나무나 흙의 본성을 점차 잊어가는 것일까? 흙에서 태어나 죽어서 다시 흙으로 돌아갈 사람이, 흙의 본성을 잃어가면서, 도리어 강철과 쇠붙이의 성질을 닮아가니, 어찌 소란스럽고 잔혹한 사건이 빈발하지 않겠는가? 이런 생각으로 이 시대를 이해하려고 애쓰지만, 하도 끔찍스런 사건이 자주 일어나니 무서워서 어찌 살 수가 있겠는가 말이다. 강철 시대라서 사람들의 마음도 강철같이 쇠붙이같이 차갑고 냉혹스러워 이러할까?

사람도 환경의 소산일진대, 우리의 환경에서 그 원인이 찾아질 수도 있지 않을까? 예컨대, 우리는 옛 농경 시대와는 달리 쇠붙이를 사용하는 기계 시대에 살고 있다. 그 어느 하루도 쇠붙이를 이용하지 않고서는 살 수가 없다. 자동차, 기차, 지하철, 비행기 아니 시내 버스를 타더라도 마찬가지가 아닌가. 어디 그뿐인가. 살고 있는 집의 골격과 건너다니는 다리도 그러하고, 손으로 만지고 항상 몸에 지니는 핸드백에도 쇠고리가 붙어 있고, 사용하는 의자나 책걸상에도 쇠붙이 강철이 없으면 아무 기능을 하지 못하니, 결국 우리의 마음이 강철처럼 무감각하고 쇠붙이처럼 냉혹해지는가? 이런 강철과 쇠붙이로 된 기계에서 인정이나 눈물이 나올 수 없는 것은 너무도 당연한 것을.

농경 시대에는 생활에 사용하는 연장과 가구 등 생활 용품 모두가 나무와 흙으로 만들어졌었다. 물론 쇠붙이를 전연 사용하지 않은 것은 아니나, 어쩔 수 없는 작은 부분에만 강철을 사용했을 뿐, 대부분이 나무로 되어 있었다. 그러나 요즈음의 모든 물건을 보자. 손잡이에서부터 결정적인 기능을 하는 부분에 이르기까지 모두가 플라스틱이나 쇠붙이로 되었다. 차갑고 섬뜩한 감촉의 강철이 하루에도 수십 번씩 피부에 맞닿아야 되니, 아무리 눈물이 많고 인정이 뜨거운 사람도 어째서 영향을 받지 않으랴.

나무는 사람처럼 살아 있는 생물이다. 심지어는 나무로 집을 짓거나 가구를 만들 때에도, 제 고장에서 자란 나무를 사용하고, 또 죽은 나무라도 숨을 쉴 수 있도록 페인트나 니스를 칠하지 않으면 수 백 년이나 견딜 수 있다고 한다. 우리 선조들은 이러한 살아 있는 생물로서 목재를 사용하여 집을 지었고 물건을 만들었기 때문에, 고궁과 옛 가구가 오랜 세월에도 견디어 남아 있게 된 것이라 하지 않는가.

나무는 그 질감이 부드럽고 훈훈하고 탄력도 있다. 흙 또한 우리의 살이 아닌가. 어느 문화에서나 흙은 모성母性이며, 자애와 포용과 용서의 상징이었다. 그러한 흙에서 태어나고, 흙에서 자란 나무야말로 그 생리와 질감이 사람과 별반 다르지 않은 것. 그래서 농경 시대에 흙과 흙에서 자란 나무를 주로 사용하여 살던 사람들은 인정스럽고 자비로웠다. 지금보다 더 가난하게 살았어도 범죄가 더 적었고, 덜 포악하고 덜 잔인스러웠던 이유도, 나무와 흙의 시대다운 심성을 지녔기 때문이었을까?

그러나 거의 모든 용품에 강철이 사용된 이 시대의 우리는 홀로서도 갈등하며, 그래서 자살을 기도하고, 살기어린 쇳소리를 내는가?

심지어는 음악마저도 금속성의 소리이니, 어디서 무엇으로 심성을 온화하게 덥힐 수 있으랴. 그럼에도 세계는 경쟁적으로 과학 기술문명에 전력투구하며, 고도화·가속화되어 가는 기술 문명과, 그 산물인 기계 없이는 하루도 견딜 수가 없으며, 이런 강철을 더 많이 사용하며 살아야 하지 않는가.

에릭슨은, 국가의 지도자도 강철의 뜻을 가진 사람이 나타났으며, 소련의 스탈린과 몰로토프의 이름도 강철과 쇠붙이의 뜻이라고 했다. 미국 역시 컴퓨터라는 기계 시대에 맞는 인간형이 보다 가치로운 인재로 인정되며, 우리나라에서도 아이들의 이름에 쇠와 강철의 뜻글자를 더 애호하는 경향이 두드러지고 있다면 나의 과민성이라고 할까? 그래서 우리의 심성도 더 차갑고 모질고 단단해져서, 양보는커녕 타협조차도 거부하며 살고 있는 걸까? 생각해 보면 그럴수록 우리는 더 따스하고 더 부드러워야 할 것 같은데, 발전의 방향은 늘 반대쪽인 듯싶다.

머지않아서 나뭇가지나 묵은 그루터기에서도 새 촉과 새움이 틀 것이고, 언덕 위엔 그리운 마음처럼 아지랑이도 눈물 나게 아름다울 텐데, 어째서 우리 삶은 이리도 고단하기만 할까. 좋은 집, 좋은 음식이 아니어도 좋으니, 흙냄새 어린 흙길을 마음껏 걸으면서, 낯선 이를 만나도 무섭지 않았으면 얼마나 좋으랴.

더하여 이 시대의 예술도 쇠붙이 강철 문화가 진정 사람을 위한 것이 되도록, 자애와 포용과 용서의 구실을 할 수 있었으면. 모름지기 예술이란 농경 시대 흙과 나무의 품성에 더 가까워야 할 듯인데도, 발전의 방향은 늘 역행하는 듯하니, 내가 잘못 본 것일까? 언 땅과 언 강물이 풀어지듯 모진 강철 마음들도 풀어지고 녹아져서, 천천히 살며 덜 가지며, 경쟁보다 협동으로, 강철 시대에 흙과 나무의 문화를 함께 발전시켜, 이 시대의 방향에 균형 잡아 주었으면….

호박꽃에 어린 순수

촌뜨기라선지 호박을 보면 나는 우선 반갑다. 참으로 오랜만에 예기치 못한 때 예기치 못한 장소에서 예기치 못한 이를 만난 때처럼. 아니 어쩌면 그 반가움을 순수나 농도로 따지면, 그리웠던 그 누구보다도 더한 반가움이 앞선다. 그리고는 철없던 단발머리 적의 가난하나 티 없던 눈매가 눈에 선히 떠오른다.

우리의 옛날은 누구나 가난했었지. 산골이나 들녘에서 마구 자라면서도 사람의 품위도 함께 키워 갔지. 맑고 향기로운 들꽃처럼 눈매 순한 새끼 짐승처럼 뛰놀던 어릴 적에 호박꽃과 함께 피어나곤 한다.

호박은 언제나 울타리나 담장 아래서 자라곤 했다. 아침저녁으로 호박이 자라는 모습을 눈여겨보며, 기어오르면서 감아 드는 호박순처럼 우리도 자랐다. 호박을 먹고 호박꽃을 따서 놀이도 하면서.

호박잎이 부드러울 때는 밥솥에 살짝 쪄서 호박잎쌈으로 먹곤 했지. 호박순과 꽃이 다 피기 전의 호박꽃 봉오리는 따서 보리쌀 삶을 때 살짝 데쳐 내어 양념에 무쳐 먹어도 일품요리가 되었지. 새우젓에 간을 맞춘 호박찌개, 호박을 숭덩숭덩 썰어 넣은 된장찌개, 늙은 호박으로 죽을 쑤어 먹으면 또 어찌 그리도 달고 맛있었을까.

벌이 꿀을 빨러 호박꽃 속에 들어가면, 꽃잎 속에 벌을 가두어 귀에 댄다. 그리고는 꽃 속에 갇혀 윙윙거리는 벌 소리를 또 얼마나 즐기곤 했던가.

심술궂은 사내애들은 주먹만 한 애호박에 손톱이나 칼끝으로 글자나 무늬를 파놓기도 했지. 그래도 호박은 잘도 자라서 가을이 되면 누렇게 둥글둥글 담 위에나 울타리에 매어 달리곤 했었지. 보기만 해도 배가 부른 호박이 시들어 늘어진 줄기에 둥두렷이 달려 있었지. 마치 늙은 어머니에게 성성한 자식들이 굵직굵직하게 달려 있듯이.

호박을 볼 때마다 감미로운 유년이 생각난다. 그땐 참으로 평화스럽고 인정스럽기 그지없었지. 출퇴근길 버스 창밖을 내다보다가 문득 내 눈길을 붙잡고 놓아주지 않는 호박 덩굴이나 박 덩굴, 퇴근길 지친 다리를 끌며 골목을 접어들 때 좁은 땅에도 푸근하고 무성한 잎새를 펼치며 자라는 호박 덩굴을 보는 기쁨은 얼마나 신선한 청량제가 되는가.

그 어느 졸부가 사서 버려 둔 땅에, 그 어느 알뜰하고 그리운 아낙의 손길이 졸부의 치부를 가려 주기나 하듯이 호박을 심어 키우는 걸까. 시골뜨기의 순수를 애써 지키려는 그 마음 씀이 콧날을 찡하게 만들곤 한다.

호박을 심어 키우는 동네, 호박이 자라는 골목일수록 어딘가 엉성하고 가난의 허물이 덜 벗겨진 것 같다. 그래서 다행스럽게도 도

시의 때가 덜 묻어 있다.

내가 사는 아파트 단지에도 호박을 키우는 집들이 여럿 있다. 높다란 베란다에서 늘어진 호박 덩굴, 수위실 뒤꼍에서 무성히 자라는 호박 덩굴이 피운 등불 같은 노오란 꽃을 볼 때마다 나는 어떤 위안을 받는다.

아직도 우리 이웃에 호박을 심어 키울 만큼 겸허와 분수를 아는 사람들이 많이 있다는 안도감까지 느끼게 된다.

사람이 제아무리 출세하여 잘된다 해도, 제 나라와 제 고향을 잊는다면 그의 공로는 진실로 추하고 헛것이 될 수밖에 없듯이, 비록 도시에 나와 돈 많이 벌어 잘산다 해도 어릴 적 가난에 묻어나던 수수와 겸허를 잃어버리지 않고, 오히려 그때의 가난을 해마다 되새기면서 분수를 알고 허욕을 절제할 줄 아는 바로 그이가, 호박 같은 하찮은 풀을 심어 키우는 게 아닐까라고, 올챙이 시절을 잊지 않으려는 개구리다운 개구리의 마음 자세가 호박을 키워 꽃피우는 그 누구에게서 느껴지곤 한다.

시골 출신이 출세하여 대궐 같은 집에 살면서 뜨락에 값비싼 정원수와 장미나 글라디올러스 같은 외국 꽃을 심어 놓은 것보다 더 꼴불견이 어디 있겠는가.

차라리 칡이나 싸리나무 떡갈나무를 심었다면, 그 주인의 인격과 품위가 얼마나 돋보일까. 가난한 옛날이 자기 것이 아니라고 속이고 싶다는 듯, 외제 식품·외제 가구·외제 옷으로 자신을 위장하는 꼴불견도 하 그리 많은 세상에, 어린 날 눈과 코에 살에 뼈에 그 내음 그 숨결을 새겨 호흡하며 함께 자라던 호박 한 포기를 키우는 손길이야말로, 저 지극히 사소한 우리 자신의 문화유산 하나라도 아끼는 바로 그 애국애족의 정신일 게다.

애국애족 한다고 소리 높여 입발림하고서도 불과 몇 년 만에 수백억씩 도둑질이나 일삼았던 매국노들보다, 한 포기 호박을 심은 그가 곧 위대한 내 이웃일 게다.

젊은 날 고생스러울 때 얻은 아내를 버리지 말라고 성경에도 말씀하셨다. 고락을 같이해 온 조강지처도 거리낌 없이 버릴 수 있는 그는, 우리의 옛 문화 옛 유적의 진가를 모르는 장님이며, 이런 장님에게 저 본때도 없는 호박꽃이 눈에 들어올 리 없겠지. 하물며 가난했던 옛날의 뼈저린 교훈이 자기 인생의 지렛대가 되어 주었음을 어찌 깨달을 수 있으랴.

호박꽃, 그것은 하나의 잡풀의 꽃보다도 아름답지 못하다. 그럼에도 우리에게 식량과 같았고, 정신적 양식인 순수와 정직을 가르쳐온 풀꽃이다. 그래서 오랫동안 어린 날의 천진무구를 잊고 살아온 사람에게 말할 수 없는 뉘우침을 일깨워 주는 바로 그런 꽃이다.

미국 사람들은 배고팠던 이민 시절 야생의 호박으로 살아남을 수 있었기에, 아직도 추수감사절엔 호박 요리를 잊지 않는다. 그러나 우리는 어떠한가?

호박꽃을 보면 탕자와 같은 회한에 젖어 든다. 고향을 버린 죄책감, 타관의 삶이 고달프다 하여 고향을 잊고 살아온 미안스러움을 느끼지 않을 수 없다.

어릴 적의 순수를 상실하고 만 벌건 빈손으로 부모를 찾아가는 부끄럼밖에 남지 않은 탕자와 같은 자신의 모습을 비로소 보게 된다.

이제 머지않아 소슬한 가을바람이 귀밑머리를 날리게 될 것이다. 여름 내내 비지땀을 흘리며 뛰어다녔음에도 우리의 가슴과 두 손은 비어 있을 수밖에 없지만, 한 자리를 지키며 뙤약볕 아래 무던히도 견디어 낸 호박 덩굴에는 그 어떤 보람의 열매가 열리지 않았는가.

호박꽃, 마치 우리들의 어머님네 그 모습처럼 교태도 없고 꾸밈도 없으나, 언제나 사랑의 심지에는 다스한 불꽃을 피워 놓으시는 듯한 호롱불 같은 호박꽃을 보면, 출퇴근길 자식의 발길을 지켜 주시는 듯… 사십 평생 무얼 하고 살았던가 싶게 부모님께는 탕자요, 고향에는 배신자일 수밖에 없다는 슬프디슬픈 뉘우침에 이른다.

봄비 오시는 오후는

겨우내

안쓰러운 마음들

마음끼리 그리웠나

실올 같은 빗발 속에

골목골목이 촉촉이 젖어

발길을 부른다

소맷부리 스쳐 주던

인연의 봄비여

연초록 우산이여

오늘은

어느 문 안에서

나래 접고 있는가

우산 하나 받쳐 들고

홀로 걷는 골목길엔

내 발자국 소리만

비맞으며 따라온다.

수년 전 나는 내가 사랑하는 가회동의 어느 골목길을 가고 있었다. 버스를 내려서니 봄비가 내리기 시작했고, 우산을 준비하지 못했으니 그냥 비를 맞고 걸을 수밖에.

처음엔 얼굴에 닿는 빗발이 상쾌하기조차 했으나, 한참을 걷다보니, 그날따라 얇게 입은 옷과 머리채가 제법 젖기 시작했다.

나는 적요하고 긴 골목길을 잰걸음으로 접어 돌고, 접어 돌아서는 다시 걸음을 재촉했다. 평소에 그처럼 걷기 좋던 그윽하고 조용한 골목이 그날따라 너무 길다고 느껴지기도 했다. 물에 빠진 생쥐처럼 종종걸음 치는 내 몰골을 누가 보는 듯 수치스럽기도 하여 차라리 걸음을 늦추어 걷는데….

문득 내 머리 위에 빗발이 그치는 듯 옆에서 인기척이 났다. 돌아보니 어떤 청년이 우산을 받쳐 주지 않는가. 나는 당황했고, 내 모습이 초라하진 않았나 하여 불쾌할 정도로 수치감조차 어쩔 수 없었으나, 약간은 고맙기도 했다. 이렇듯 온갖 느낌이 뒤섞인 표정으로 잠깐 그를 쳐다보는 것 외엔 아무 말도 할 수가 없었다.

왜냐하면 일순에 내가 느낀 온갖 느낌에 비해 그는 너무도 신선하고 깨끗한 얼굴이었기 때문이다. 많아야 나보다 네댓 살 더 어릴 정도였는데, 나는 우산 쓰기를 사양할 용기조차 잃었다. 그냥 미안스럽기만 했다. 그는 봄비에 갓 돋아난 풀잎의 신선함과 향기를 그대로 지닌 듯했다.

"진작 받쳐 드릴까 했으나…"

그의 목청은 맑게 울렸고, 나는 아무 말도 하지 못하고 다시 한 번 그를 쳐다보는 수밖에.

그는 내가 찾는 대문 앞까지 우산을 받쳐 주고 돌아섰다. 그가 긴 골목을 한참이나 빠져나갔을 때쯤에야 나는 뒤돌아볼 수 있었고, 비로소 그의 커다란 우산이 여린 초록빛이었음을 알았다. 마치 한 폭의 그림처럼, 치솟은 고풍의 지붕 아래 골목길을 꺾어서 돌아 사라지고 말던 그의 우산이 한동안 내 망막에 머물러 있었다. 그 후 지금껏 나는 한 번도 그처럼 신선함을 풍기는 얼굴을 본 적이 없다.

지난해 봄 퇴근차에서 비 내리는 차창 밖을 내다보다가 문득 위의 소품 몇 구절을 생각한 것이다. 아니, 그냥 마음 갈피에 씌어진 것이다. 가회동 골목길과 연초록이 어린 그 우산이 떠오르면서.

올해도 봄비가 내리는 어느 오후에는 골목길을 걷고 싶다. 검은 골기와 지붕이 나직이 나래 깃을 잇대어 펴고, 그 지붕이 서로가 닿을 듯하면서도 공간을 열어 두어, 마음이 맑고 발길이 깨끗한 사람들이 성실한 생활을 위해 오고갈 수 있도록 만들어 준 골목길을. 대문에서 대문으로 마음을 부르는 듯 그윽하고 조용한 가회동의 골목길을 혼자서 나 혼자서, 그리고 또 산새의 나래같이 연초록이 살풋 어린 우산과 신선한 그의 표정도 생각하리라.

과거를 갖지 못한 사람은 불행하지만, 과거가 있어도 추억하지 못하는 사람도 불쌍하다. 그의 현재가 아무리 찬란하고 황홀하다 해도 살아온 삶의 순간순간을 되살려 문득문득 음미할 수 없는 사람에게는, 황홀하고 찬란한 그의 현재마저도 한낱 모조 보석의 천박한 광채에 지나지 않으리라.

과거란 우리의 소중한 재산이며, 추억은 우리가 숨겨 두고 몰래 꺼내 보는 소중한 보물과 같으리라. 우리가 비록 가난하고 멋없는 오늘을 산다 해도, 새롭고 아름답게 촉촉한 물기로 우리 삶의 새싹을 움틔우는 것은 별것 아닌 과거를 소중하게 추억하는 것이 아닐까.

과거의 추억이 아무리 훔쳐 갈 수 없는 보배와 같다 하여, 반드시 거창하고 극적이어야만 할 필요는 없다. 또한 지워질 수 없는 기막힌 인연이 있어야만 할 필요도 없다.

아무리 오랜 세월에 걸쳐 일어났던 거창하고 극적인 추억이라 해도, 그것을 하찮은 돌멩이로 팽개쳐 버리는 이가 있는가 하면, 사소하고 가녀린 한순간의 느낌, 더구나 저 혼자만의 느낌뿐이었다 해도, 보석이 되도록 갈고 다듬어 간직하며 살아가다가 꺼내 보는 이도 있다.

과거는 다시 살아야 과거로서의 의미가 있으며, 추억하고 다시 맛보는 훗날이 없다면 아무런 가치도 아름다움도 없는 닳아빠진 기계의 쇳가루에 지나지 않으리라.

우리의 나이가 아무리 많다 해도 이십대를 돌이켜보는 순간은 이십대만큼 젊어지고 순순하고 뜨거워질 수 있으리.

피곤한 우리 삶에 문득 과거의 어느 순간을 떠올리는 것은, 잃어버린 지난날을 되찾아 다시금 그 젊음을 느껴 보는 것이며 피곤을 씻는 청량제가 되리라.

한정된 목숨을 살며 돌아갈 수 없는 세월에 묶였으면서도, 운명을 비웃듯이 거대한 물줄기를 잽싸게 거슬러 올라가, 지나온 날 살아온 세월의 어느 매듭과 그 매듭의 빛깔과 냄새와 느낌을 맛보는 것이야말로, 무한정의 인생을 풍요하게 이어 가며 즐기는 것이 아니랴.

그래서 사람들은 빛바랜 사진첩을 뒤적이며, 퇴색한 종이 위 얼룩에 불과한 한 점의 사진에서, 무한한 울렁임과 슬픔과 아픔이 뒤엉킨 자기를 재발견하고 깊은 감회에 젖어들게 되며, 이 감회가 마음을 또 얼마나 정갈하게 씻고 주름살을 다림질하여 주는가 말이다.

옛 철인처럼 초연한 태도로 현재로 돌아와 다시금 자기 삶에 성실할 수 있는 힘의 촉발제가 추억이 아닐까. 사람이 감당하는 온갖 저주에도 불구하고 신은 우리에게 과거를 추억하는 은혜를 베푸신 것.

다시 봄이 오고 있다. 때로 봄비도 내리리라. 내 영혼의 밭에도 촉촉이 비가 내리고 어떤 추억의 싹이 파룻파룻 돋아나리라.

정신없는 생활의 어느 틈을 비집고 한가로이 봄비 속을 걷고 싶은 사치스러운 감정도 유혹도 깃들이게 되리라. 그리고 나는 무엇에 홀린 듯이 봄비 속의 어느 골목길을 걸으며, 제 발자국 소리에도 뒤돌아보게 될 테지.

잘못 들었는가 하여 걷다가 돌아보고, 그리고는 다시 걷는 허황되고 어리석은 짓거리를 되풀이하는 한가로운 여유도 갖고 싶어지리라.

봄비를 맞으며 나는 우산을 접었다 펴고, 폈다가는 다시 접으며, 버스를 오르내리고, 비에 젖은 골목길을 따라서 대문을 나서고 대문을 두드리곤 하겠지.

그러다간 또 수년 전의 봄비와 가회동의 골기와 지붕과 봄처럼 신선했던 낯선 어느 젊은이를 생각하기도 하겠지.

이름조차 모르는 그의 호의와, 여리고도 풋풋한 그의 표정과 미소와 지금은 기억에 없는 낭랑한 목청까지도 한 폭의 그림처럼 떠올랐다간 이내 지워지고 말겠지.

하고많은 지난날의 기억들 중에 왜 하필 나는 이 일을 두고두고 생각하게 될까. 그것은 하나의 사건도 아니었고, 사건이 됨직한 성질의 것도 아닌데, 그럼에도 봄비가 내리는 때는 이 감상의 골목길로 내 혼이 흘러가곤 하는 것은 또 무슨 인연이란 말인가.

옷깃은 스쳤겠지만 그것은 인연이 되지 못했으며, 인연이 되어 주기를 바라지도 않았고, 지금도 마찬가지일밖에 아무것도 아닌 그저 평범하고 지극히 사소했던 그 하나의 일이 어째서 이따금 되새겨지곤 할까.

이상스럽게도 인연 아닌 그 인연이 내 가슴 어디에 스미어 있다가, 가장 정갈한 마음 갈피에 한 줄의 글을 써주게 되었는지. 그것은 오히려 하나의 신비이며 환상이며 착각이었을지도 모를 일.

그럼에도 그것은 분명 내 과거의 어느 매듭이며, 이따금 살아나선 이상한 감상으로 날 사로잡아 가회동 골목길로 데려가 주곤 하지 않는가.

봄비가 내리면 유치해지는 걸까. 차라리 내게 유치한 면이 남아 있어, 순수했던 내 모습을 다시 보게 되어도 좋은 일.

사람이 어찌 항상 고상할 수만 있겠는가. 유치하고 어리숙하고 그래서 돌아보면 조금씩 부끄러워지기도 하는 순수를 어른들도 간직할 수 있다면 그것이야말로 고상한 어느 면이 될 수가 있으리.

봄비가 내리면 차라리 조금씩 유치해지자.

묵은 그루터기에서만이 새싹이 돋는 이치를

묵은 그루터기에서 새순이 돋아나듯, 굳은 땅을 헤치고 떡잎이 돋아나듯, 그런 의지로 새봄을 맞고 싶다. 금년이라는 우리 삶의 확실한 한 대목을 떡잎처럼 시작하고 싶다. 새봄에는 문득 눈길 닿은 담장 아래 민들레 싹 푸른빛에 깨치는 그 어린 생명에서, 추녀 끝에 아른대는 봄 햇살 한 끝에서, 얼었던 마음은 이처럼 녹아지고 풀어지는가. 어찌어찌 사노라 소식 끊긴 친구에게 한 장의 엽서라도 써 부치고 싶은 초봄 어느 날의 오후.

봄이 왔습니다. 눈서리 얼음 빙판의 모질고 참담했던 우리 생의 한 고비 그 겨울이 갔습니다. 움츠러들고 오그라들어 영혼마저 죽은 듯했던 깜깜 밤중의 못 견딜 깡 추위.

그 계절이 물러가고

새봄이 왔습니다…

이렇게 기나긴 침묵을 깨는 우정의 싹도 새순처럼 떡잎처럼 돋아날 것만 같은 봄날, 얼음 풀리는 냇가로 나아가서 목청 풀어 나직이 노래하며 흐르는 냇물 소릴 듣고 싶다. 그 차갑고도 신선한 냇물에

다 지난겨울의 어둡고 괴로웠던 마음 자락을 씻어 헹구고, 헹구고 다시 씻어, 봄볕 맞이 울타리에 걸어 말리고 싶어진다.

해묵은 나뭇잎은 제 나무의 발치에서 썩어지는 법이거늘. 썩어져서 마침내 제 그루의 밑거름이 되어 주게 마련이거늘. 지난날 우리 삶을 얼룩진 실수도 좌절도 굴욕감도 수치감도 이 봄 새로이 태어나는 떡잎의 의지를 더욱 살찌우는 값진 밑거름이 되어 주는 이치를 문득 깨닫고 감격스러워지는 봄날. 그렇다. 그 누구에게나 괴롭고 힘들었던 지난날은 있게 마련. 그 과거가 비록 혹독한 겨울같이 가혹스러웠다 해도, 인생의 겨울이 있어야 새봄에 새로이 태어나려는 힘찬 의지와 꿈이 있는 법. 자신의 지난날을 값진 밑거름으로 활용하는 이는 얼마나 슬기로운 사람인가. 보아라, 말라죽은 그루터기, 얼어붙었던 눈 언덕의 허물어진 그 자리에서 더욱 충실하고 튼튼한 새잎이 싹트는 것을.

어떤 이들은 불행스런 과거 때문에 앞날을 망치기도 하지만, 총명한 이들은 지난날의 불운을 앞날의 밑거름으로 역이용하지 않았던가. 불행했던 과거가 역사적 위인들을 키워 낸 예는 또 얼마나 많은가.

지난겨울의 모진 한 시절은 미래를 위한 소중한 자산이며, 지난겨울 한철 참담했던 좌절은 그 무엇으로도 깨우칠 수 없는 소중한 삶의 경륜이 되어 주리라.

진실로 인간이 대자연의 일부일 수밖에 없을진대, 겨울이 지나가면 새봄이 오는 자연의 섭리에 순응하지 않고 어찌 살아남으랴. 그렇듯이 우리 생애 한고비가 못 견디게 고통스럽다 해도 새봄을 준비하는 수련의 기간이 된다는 사실을 잊지 말기로 하자.

지금 가슴 아픈 그대에게도 그 아픔의 한 계절이 지나가면 인생의 봄이 오지 않으랴. 비록 삶은 한고비를 넘어서면 또 다른 산모퉁이가 나타난다 해도, 인생에도 사 계절은 분명 있다는 자연의 이치를 믿어야 하리.

보아라, 초목이라 해도 삶의 옛 상처 바로 그 자리에서만이 새싹이 움트고 꽃이 피는 이치를. 이 봄 우리 가슴 아픈 생채기에서도 힘찬 의지로 떡잎은 돋아나고 고운 꿈은 피어 황홀하리라.

꽃에도 등급이 있었네

4월! 하면 무엇이 제일 먼저 생각나느냐고 딸에게 물었더니, 얼른 꽃이라고 했다. 이렇게 다르구나, 아직도 나는 4월이면 으레 4·19가 먼저 떠오른다. 그렇다. 시대적인 불가피했던 4·19에서 너무 멀리 와 있다. 역사적 수난 사건을 다 겪어내야 했던 세대로서는, 왠지 4월=꽃을 떠올리는 젊은이들이 섭섭하다. 뭣이 왜 섭섭하냐고 물으면 답변 또한 궁색할 테지만, 그래도 서운하다. 그래, 이제는 꽃 4월이지, 역사가 어떻게 해석하든 역사의 몫일 뿐, 오늘은 꽃피는 달 4월 첫날이다. 꽃처럼 순수하고 아름답고 싶을 따름이다. 아무리 모진 마음도 꽃 앞에서는 녹아지고 만다는, 순화와 정화 목적으로 수용된 강력범일수록 화훼나 꽃꽂이 또는 웨딩드레스 등 여성 의류를 가르친다고 들은 적도 있지.

'화월花月같은 용자容姿'는 시댁 안사돈이 친정 안사돈께 보내는 새 자부子婦의 예찬 구절이었던 적도 있었다. 꽃으로 치면 사람 꽃보다 더 아름다운 꽃이 없다. 움직이는 꽃들이 재잘거리는 새 학기의 학교 길은 가장 희망찬 꽃길이다. 유치원 어린이집의 어린이보다 더 아름다운 꽃도 없다. 첫 손자를 본 어머니는 늘 세상에 무슨 꽃이 곱다곱다 해도 내 손자보다 더 고운 꽃은 없지. 이 녀석 하나로 효도를 다 했다시던 어머님도, 자손의 무궁한 이어짐, 즉 사람보다 더 곱고 가치로운 무엇이 없다는 뜻에서 꽃에 비유했으리라. 꽃을 감상할 사람이 줄어드는 봄철, 식물 꽃만 눈부실까봐 걱정되는 시대를 살고 있다.

'동지섣달 꽃 본 듯이'라는 노랫말이 무의미해질 정도로 사철 꽃을 볼 수 있지만, 그래도 사방 둘레에 만개한 꽃은 역시 하늘 섭리가 피우는 계절의 꽃이다. 남녘에선 매화 동백이 만발하여 꽃 축제 소식을 전해 듣는다. 그러나 서울의 아파트촌에서는 눈여겨봐야 복수초 꽃다지 민들레 등이 꽃보다 더 꽃다운 새 촉 새움을 틔우고 있다. 이른 봄 모든 새싹은 꽃보다 더 꽃답다.

울타리의 개나리가 봉우리를 맺고 있다. 성급하게 터트리는 봉오리 아닌 꽃송이도 있다. 꽃은 꼭 봄에만 피진 않지만, 그래도 대부분의 꽃이 봄에 피기 때문에 봄은 꽃철이다.

우리 선조들은 한꺼번에 피는 꽃철인 봄에 피는 꽃보다는, 꽃이 귀한 늦가을이나 아직 추위가 매운 초봄에 피는 꽃을 더 귀하게 여겼다. 꽃을 의인화하여 꽃에 의미와 해석을 부여한 것이다.

강희안의 「양화소록養花小錄」에 의하면, 매화 국화 연꽃 대나무 등은 1등 꽃이며, 모란 작약 파초 등은 2등, 치자 동백 종려 등은 3등, 소철 포도 귤은 4등, 석류 해당화 장미 수양버들은 5등, 진달래 살구꽃 백일홍 오동꽃 감꽃 등은 6등, 배꽃 목련 앵두 단풍 등은 7등, 옥잠화 봉선화 무궁화 등은 8등급, 금잔화 해바라기 등은 9등이다.

그 이유는 꽃들 자신의 무엇 때문이 아니라, 순전히 꽃을 누리는 사람들의 이기적 심보 때문이었다. 사람의 안목에 따른 꽃의 생태와 모습이 절개와 운치, 부귀, 다산, 풍요 등의 상징이라는 인간 중심적 가치와 해석의 차이였다. 제 이름이 개나리인 줄도 모르고 피는 개나리꽃에겐 어이없지만, 몇 등으로 분류되건 아랑곳없이 제때를 알고 제 모습 그대로 피는 꽃에겐 너무너무 미안한 죄 짓는 일이 아닐 수 없다.

인간보다 사악한 자연은 없으리라. 무릇 모든 목숨은 하늘 아래 다 평등하다. 햇빛, 달빛, 별빛이 차등 없이 내리고, 눈과 비와 이슬과 서리도 그렇다. 하늘의 것은 모두 공평하다. 그렇다고 선인들을 비난할 생각은 없지만, 풀꽃 같은 아낙에 불과한 나같이 나이든 여자가 임금님의 집무실과 침소였던 경복궁을 휘저어 활보할 때는, 이 시대에 태어나게 해준 창조신이 새삼 고맙지 않을 수 없다.

성차별에 억울한 여성들이여! 분할 때는 옛 임금님 댁 마당 경복궁 뜰을 활개 치며 거닐어 보시라.

3부 사유와 고뇌의 계절

사유와 고뇌의 계절

하늘은 깊이를 모를 정도로 푸르르고 또 높아지고 멀어진다. 이제는 정열로 치닫던 눈길을 거두어들이고 사유와 고뇌의 눈 내리깔고, 젊음이 진하여 가을빛으로 물드는 풀섶을 따라 좁은 길을 걸으며 지내온 봄과 여름날을 새김질할 때다.

애인이여, 인생 20대의 우리들 찬란했던 꿈. 친구여, 인생 30대, 그 꿈을 실현코자 종횡무진 달음질치며 넘어지면 일어서서 다시 달음박질하던 용맹과 패기의 계절은 갔다.

이제 인생 40대, 꿈이나 사랑이나 그 번쩍이고 요란하던 삶의 비늘들이 아픈 기억의 조각처럼 조용히 떨어져 흩어지기 시작한다.

열변을 토해내던 불가마 같은 입술이 닫혀 지고, 긴 침묵의 시간이 오고 있다. 이마에는, 귀 밑에는 솜털이 일어서며 소소리바람에 귀가 열린 만큼 말이 이미 없어지고 마음은 비어 있다.

가슴 속살에 스미어 젖어드는 빛깔에 정결한 마음자리를 마련해 두고, 지나온 세월 몹시도 안타깝게 사랑하고 미워한 사람들의 이름과, 애원하며 외쳐도 대답 없던 신神의 이름까지 떠올려 본다.

사랑이나 마음이나 지내놓고 보면 모두가 후회스럽고도 또 왜 그리워지는지, 살아온 세월은 알맞은 불행과 적절한 행복으로 물무늬졌던 강물이었음을, 흙탕물도 흘러가는 동안 마알갛게 가라앉듯, 고통과 오욕도 때가 지나면 드넓은 웃음을 마련하게 된다는, 이 지혜와 경륜마저 터득한 깊고도 그윽한 눈을 들어, 비로소 발걸음 멈추고 하늘을 우러를 때다.

그러나 늘 함박꽃 웃음 웃는 꽃처럼 즐거울 수 없고, 꽃이 지는 슬픔과 아픔의 자리에 열매가 열린다는 지극히 평범하고 지극히 상식적인 이런 눈을 뜨기까지, 신은 어찌 봄철 또 여름철이란 길고긴 세월을 거치게 하셨을까?

그리운 사람들, 멀리 있어도 소식이 없어도, 가장 조용한 마음자리 밝은 가을 달빛 어리고 맑은 바람이 쓸고 간 자리에서 흔들리며 조용히 떠오르는 이들이여, 나는 그대들에게 새삼 감사의 깊은 눈길을 보낸다. 질투도, 비아냥거림도, 거짓도, 우정도 모두 내 삶을 기름지게 했던 좋은 밑거름이었음을 이제와 알았다.

이제 나의 눈빛은 샛별처럼 초롱초롱하고 어둠속 불빛인 양 반짝이진 않는다. 지나치는 사람들, 낯모르는 사람일지라도 그들의 얼굴에서 그들의 기쁨과 고뇌를 읽을 줄 아는 그윽하고 서늘한 중년의 깊이, 가을날 물살 같은 울음도 가슴으로 삭일 줄 알 만큼 인생의 멀리까지 와버린 눈이다.

이제 내 앞에는 뻗어 나간 세월이 휘어져 돌아오는 것 뿐, 그래 건네 줄 사람이 없어도 한 이삭 갈대꽃을 꺾어 들고, 서늘히 식은 이마 위에 별빛을 얹고, 이상한 기쁨으로 돌아가는 발걸음을 놓을 것이다.

어쭙잖게 남을 위하여서가 아니라, 먼저 나 자신을 비우고 다시 채우기 위하여 한 자루 촛불을 마련할 때이다. 소나기 지나간 바윗등처럼, 눈물이 씻어간 정결한 마음자리에, 살 만하고 살아갈 가치가 있는 사람들과 더불어 살아갈 용기를 허락하고 거듭 허락하시는 신의 말씀 책을 펴놓을 것이다.

깊은 눈을 무겁게 감고 굳은 무릎도 꿇어 볼 것이다.

지나간 날은 아름다워라

　재봉시간이나 수예시간 또는 가사시간에는 바느질하기, 옷 만들기, 수놓기, 요리실습 등을 배웠다. 요리실습 시간은 선생님 몰래 숨어 다니길 잘했지만, 수예나 재봉시간은 재미있었다. 아기 옷을 만들거나 마름질할 때면 먼 장래 엄마가 되는 꿈을 꾸곤 했었다.

　수예시간에는 베갯모, 앞치마, 횃대보 등에 색실을 풀어 꽃을 놓으면서, 나는 결혼에 대한 꿈을 꾸기도 했었다. 이 베갯모는 구체적으로 어떤 방에 어떤 색깔의 이불과 요가 어울리게 될 것이라는, 제법 구체적인 생각도 해보고, 그러다가 내실의 분위기는 어떤 가구를 어떻게 배열하고, 무슨 꽃을 꽂아야 조화가 될 것이냐는 생각까지 하게 되었다.

　사실 여고 적 수예나 재봉시간에는 대부분의 여학생들은 시집갈 준비 겸 해서 수놓고 만드는 것이 보통이었고, 나도 그런 준비라고 여기며 어머니가 구해 주시는 천에다 솜씨 있고 곱게 무늬를 놓으려고 애썼다.

　뜨개질을 배울 때는 연분홍, 연노랑, 보라, 파랑색 꿈결같이 포근

한 색실을 풀어 머플러나 장갑을 짜면서, 이다음에 내가 아기를 갖게 되면 어떤 옷을 떠서 입힐까. 그 옷 빛깔과 옷 모양은 어떠해야 한다. 모자랑 양말까지 색깔과 모양까지 생각하는 때도 있어서, 사실 결혼에 대한 꿈은 여고 시절 이후에는 그렇듯 곱고 앙증스럽게 꾸어본 적도 없을 정도로, 가장 여성적이 되었던 때가 그때였던 것 같다.

여학생끼리만 생활한다는 학교의 분위기와, 게다가 수예, 재봉 등, 혼수와 관련지어 생각하게 하는 교육 과정과, 선생님 말씀 또한 늘 결혼 준비, 결혼해서 행동할 주의 사항 등에 관한 것이었기 때문에, 더욱 그런 꿈을 꾸게 되지 않았나 싶다.

사실, 상 차리는 것, 절하는 자세, 꽃꽂이, 실내장식, 옷 만들기를 비롯한 바느질 등을 가르치는 시간마다 가사 선생님은 늘 "그렇게 솜씨 없어 가지고 당장 쫓겨나!"

"며느리가 밥상 하나 제대로 못 차려 보라구. 얼마나 망신인가?"

"시부모 앞에서 엉덩이 휘두르며 벌렁벌렁 걸어 다녀야지."

하고 일일이 학습내용을 결혼과 관련시키신 이유도 있지만, 그때마다 우리는 옆 교실에서 수업을 중단하지 않을 수 없을 정도로 까르르 웃고, 손뼉 치며 요란을 떨곤 했었다.

또 육아에 관한 내용을 배울 때는,

"신생아를 잘못 돌봐, 병나게 하는 것도 불효야, 신랑한테 쫓겨나지 말고 지금 잘 배워둬."

나이가 지긋하신 가사 선생님은 무엇이나 시집살이와 연관시켜 가르치시기로 유명했고, 학생들도 그런 잔소리를 싫어하지 않고 농담으로 대하기도 했다. 용기 있는 학생들은.

"선생님은 몇 번이나 쫓겨나 보셨어요."

하고 묻는가 하면,

"전 시집 안 갈래요, 그러니 이런 것 몰라도 돼요."

"전 아이 안 낳을 거예요."

등등의 말대답으로 잔소리 시간만 되면 교실은 늘 웃음바다였다.

그래선지 결혼에 대한 생각은 여고 이후 대학 생활이나, 또는 졸업 후 더러 남자친구를 사귀는 때보다도, 여고 적에 더 많이 더 구체적으로 하게 된 것 같다.

여고시절의 나이로 보아서도 다감하고 비현실적이며, 꿈이 많아 환상적이고, 기분에 좌우되는 때인지라, 나는 나중 시집가게 된다면 어떤 남자와 결혼할 것인가, 어떤 성씨를 가진 사람과 결혼해야 되는가 생각했었다.

어떤 성씨댁 며느리가 되느냐는 우리 할아버지께서 아직 스무 살도 못 된 나를 채씨라는 댁과 혼판을 재어보시는 얘기를 듣게 되면서 생각해 본 듯하다. 당시 나는 양반과 문벌이 어떠하냐는 상관없이, 우선 김실金室이, 이실李室이라고 나를 부르는 내 호칭에 더 신경이 쓰였던 것 같았다.

가령 내가 채씨댁에 시집가면 사람들은 나를 '채실'이라고 부를 것이다. 그러나 채실이란 과히 듣기 좋은 호칭도 아니고, 장난 심한 내 사촌들은 나를 놀리기에 딱 알맞은 호칭이 될 것이다. 그래서 나는 채씨 가문으로 시집가는 것은 한사코 거절해야 한다고 생각했었다. 물론 그땐 내가 시집갈 가망성도 거의 없었지만, 어느 성씨와 결혼하는나를 한참이나 생각했던 것으로 기억된다.

내 호칭이 문제가 아니라도 내 아기를 낳아서 흔하디흔한 성을 붙여주고 싶지가 않았다. 당시 나의 느낌으로는 김씨는 김빠진 느낌을 주고, 이씨를 비롯해서 받침이 없는 성씨는 어째 성격마저 결단성이 없고 흐릿할 것 같아 보였다.

곰곰이 몇 날 몇 밤을 생각하고 생각한 나머지 나는 드디어 한 성性을 생각하고 그 성씨를 가진 사람과 결혼하는 것이 좋겠다고 결정하게 되었다.

그 성이 강씨였다.

우선 사람들이 나를 강실이라 부르면 그 어감이 듣기 좋고, '강'이라는 힘주어 나오는 발음이 지리멸렬하지 않고 매듭 있고 힘 있게 들려 좋았다. 그래서 나는 나중 아이를 낳으면 강으로 불러도 상당히 아름답고 품격이 높을 것이라고 여겼다.

대학시절 나에게 근접해 오는 몇몇 남자를 놓고 나는 여고 적의 기준에 맞추어 보았다. 그 어느 한 사람도 첫째 기준인 성씨에 맞지 않았다. 강씨는 한 사람도 없었다. 나는 무슨 복수심에서처럼 강씨 아닌 다른 성씨를 좋아하려 들지 않았고, 좋아지지도 않았다.

그러다가 나이가 들고 혼담이 오고갈 때마다, 나는 아직도 여고 적에 정해 놓은 제일의 기준을 허물지 못했다. 오히려 강씨라는 발음이 주는 어감이 더욱 청아하고 깨끗하고 그러면서도 드맑아, 가을날 쾌청한 하늘에 가야금 한 줄이 퉁기어 울리는 소리처럼 아름답다는 생각에만 집착해 있었으나, 어디 강씨가 나타나 주어야 말이지.

더욱더 나이를 먹으면서 나름대로 바쁘게 살다 보니, 어찌 어찌,

철칙 같은 강씨에 대한 내 기준은 나도 모르게 허물어지고, 어느 성씨가 좋고 싫다는 생각조차 잊어버리게 되었다.

다행인지 불행인지 몰라도 나는 강씨의 기준을 까맣게 잊은 채 김씨와 결혼하게 되었고, 집안에서 나를 김실이라고 부를 때는 여고적 생각이 떠올라 픽 웃기도 한다. 더구나 아이들 이름을 성과 함께 불러 볼 때마다 왠지 김빠지는 느낌조차 들지만, 이젠 하는 수 없지.

강씨완 인연이 안 닿는 걸 어쩌랴. 그때 꿈이 우습기만 하다.

내가 나의 주인일 때

그리하여 이 사악이 영원한 분에게 여쭈었다. 세상의 왕이시여 당신이 빛을 만드셨을 때에 '빛을 보니 좋으니라'라고 말씀하셨습니다. 또 당신이 하늘과 땅을 만드셨을 때에도 '저들이 좋으니라'라고 말씀하셨습니다. 그리고는 당신이 만드신 모든 초목과 모든 생명도 '좋으니라'라고 하셨습니다. 그런데 당신이 당신의 모습으로 사람을 만드셨을 때에는 '사람이 좋으니라'라고 하시지 않았습니다. '어쩐 일입니까?'

하느님께서는 '내가 인간을 완성시키지 않았기 때문이다.' 하느님의 말씀을 통하여 인간이 자기 자신을 완성시켜야 하고, 인간의 세상을 완성시켜야 하는가.

이 애기는 유대인의 미드라시(midrash)에 있는 한 구절이다.

인간은 미완성의 존재요, 끝없이 자신을 완성시키려고 노력해야 하는 존재이다. 겉모양은 비록 하느님의 형상을 닮았다고 하지만, 이 완성을 향한 노력은 신체적인 면에서 정서적, 지적, 도덕적, 윤리적인 모든 면에서 이루어져야 할 것이다.

또한 사람 자신이 자기를 완성시키려고 애쓰기 전에 이미, 자신의 존재가 미완성의 존재라는 사실을 깨닫는 데에 이르러야 할 것이다. 자기를 완벽한 존재, 완성된 인간으로 착각한다면, 그는 정신질환자이거나, 저능 인간에 불과할 것이다. 또한 자기 자신의 미완성을 깨닫는 데에는 오랜 수양과 교육이 필요하다.

사실 참으로 수많은 사람들이 자기를 위해서 자신에게 충만하게 살려고 노력하다가 죽어갔지만, 그들 중 얼마나 많은 사람들이 자기 자신을 미완성, 심미적인 어떤 면의 미완성, 윤리, 도덕적인 부분의 얼마만큼이 부족한가를 깨닫고 갔을까?

우리는 가끔, 아주 쉽게 지적인 면에서의 미완성을 깨닫게 된다. 어떤 면에서 얼마만큼 자신이 무식한가를 쉽게 느끼면서 살 때가 많다. 그러나 인간을 구성하는 보다 심층적인 부분이며, 보다 중요한 부분인 심리적인 안목의 결핍이나 정서적인 불안정, 윤리적 신체적인 측면에서 얼마만큼 부족하고 세련되지 못한 존재인가는 거의 의식하지 못하며 살고 있지 않은가? 비록 그가 종교인이라 하더라도 진실로 자신의 부족된 부분을 정확히 절실히 느끼기는 대단히 어렵지 않은가? 또 자신의 부족을 안다 하더라도 얼마만큼이나 정확히 알고 있는가?

자기를 안다는 것, 자기 존재를 깨닫고 확인할 뿐만 아니라. 자기의 허점과 장점까지 안다는 것은 너무도 어려운 일이다. 그래서 소크라테스 같은 철인도 '너 자신을 알라'고 했을까?

나는 가끔 나 자신을 과대평가할 때가 있다. 실제의 나 이상으로 우쭐대는 것같이 느껴질 때가 있다는 말이다. 그러다가 나의 허세는 금세 무너지고 만다. 그리고는 깊은 나락의 지경으로 떨어져서 이 세상에 나같이 못 나고 무능하고 바보 같은 사람이 없을 것이라는 열등의식에 사로잡힐 때도 많다. 지나친 자기 멸시, 과소평가에 이르는 것이다. 그래서 나의 경우, 자신을 정확히 알기보다는 과대평가하거나 과소평가하는 양극단을 분주하게 왔다 갔다 하면서, 자신을 극복하기는커녕 자신의 노예가 되기에 급급해 온 것 같다.

자기를 극복하는 것, 즉 자신을 완성된 존재로 끌어올리기 위해서는 자신을 먼저 알아야 한다. 자신의 여러 가지 속성을 알고 나서야 비로소 자기의 결함을 극복하는 노력이 따르지 않을까?

심리학에서는 자기 존재의 의식, 또는 확인, 즉 자기를 아는 것을 자아 개념이라고 한다.

구체적으로 자기를 자신이 어떻게 보고 느끼고 받아들이느냐에 따라 긍정적인 자아 개념이나 부정적인 자아 개념을 가진다고 한다. 자신은 못 나고 열등하여 쓸모없는 존재로 생각하는 사람은 부정적인 자아 개념을 가진 이다. 그러나 이러한 자기 자신의 의식은 자기를 타인과 비교해서 얻는 의식이다. 우리는 자기를 홀로 떼어 두고서는 자기를 알 수 없다. 타인의 눈에 반사된 나의 존재를 의식할 때, 곧 자아 개념이라고 한다. 대다수의 사람들이 나를 쓸모없는 존재로 인정한다면, 아무리 자신을 과대평가하는 사람이라도, 그의 정체는 곧 '나는 쓸모없는 사람'이 될 수가 있다. 즉, 객관화된 자기의 존재가 곧 타인에게 반사된 나의 실체, 또는 정체로 자아 개념이 된다. 자기를 안다는 것은 이렇게 수립된 자신의 자아 개념을 확인하는 것이며, 잘못 확립된 자아 개념을 극복하는 것이 곧 자기와의 투쟁이 된다. 때로는 끊임없는 생리적 욕구를 벗어나지 못하여, 기본적인 인간본능의 충족에만 급급할 수도 있고, 의혹, 의심, 불신 및 열등감이나 패배 의식에 사로잡혀 심리적 욕구나 사회적 욕구를 충족시키지 못할 수도 있다. 지나친 편견이나 옹고집은 좌절감이나 열등의식이라는 모체에서 태어나는 자식들이 아닌가? 세상의 모든 것을 의심하고, 타인을 믿으려 들기 전에 먼저 의심하고, 불신하는 것도 마찬가지이다. 의혹이나 의심, 불신, 열등감, 패배 의식, 이유 없는 증오와 편견이 곧 자기에게는 부정적인 개념으로, 타인에게는 편견으로, 인간관계에서는 유치한 옹고집으로 나타나기 쉽다.

흔히, 세련된 사람이란 정서적으로 순화되고, 너그럽고 매사를 부정 아닌 긍정적으로 호감을 갖고 보는 교양인을 말한다. 이런 사람은 자기를 웬만큼 극복해 온 사람이라고 할 수 있다. 어느 정도 객관적인 눈으로 세상을 볼 줄 알 만큼 자신과 싸워 이긴 사람이다.

사실 인간은 자신의 주인이기보다는 자신의 노예이기 쉽다. 기분 내키는 대로 행동하기 쉽고, 타인의 입장에 서서 이해하고 행동하기보다는 자기편에 서려고 들며, 객관화된 시선에 길들여 있지 못하였기 때문에 오해를 갖고 자신의 욕망에 사로잡히게 된다.

이브는 자신을 극복하지 못한 욕망의 노예로서 선악과를 따먹었고, 카인은 동생에 대한 열등 패배 의식 때문에 동생을 죽였다.

그래서 적敵은 언제나 자기 안에 있다고 한다.

열등감, 패배 의식, 의혹, 편견, 편안함과 허영을 추구하려는 태도 등은 자기와의 투쟁에서 싸워 이겨야 할 내부의 적들이다. 이 내부의 적들을 이기지 못할 때, 아이들과 같이 자기 조절을 못하여 유치한 행동을 보이며, 자기감정의 노예가 된다. 자기중심적인 주관적인 정신세계가 아이들의 특성이라면, 성숙되지 못한 어른의 세계도 그와 같으리라.

어느 누구도 세상에서 홀로 살지 않고 타인과 더불어 살며, 타인과의 관계에서 비로소 자신의 존재가 뚜렷해지고, 가치로워지며, 비로소 자기 모습도 세상도 있고, 질서와 법과 사랑과 우정이 성립된다.

자신의 극복은 그래서 자신에게는 진실을 요구하며, 타인에게는 예의가 된다.

자기 자신에게 진실한 사람은 자신을 속이지 않는 이며, 자신을 알고 자신을 극복하여, 자기 자신의 노예가 아닌 주인이 된 사람이다.

자신의 주인이 된 사람만이 자신에게 충실한 사람으로서 끊임없이 자기완성을 위해 노력하는 성실한 사람이 아닐까?

자신에 대하여 지켜야 할 예의, 자기에 대한 자신의 예의란 결국 자기를 정확히 알고, 자기 자신이 원하지 않는 자가 내부의 적들과 싸워 이겨서, 자신의 의지를 자기의 뜻대로 좌우할 수 있는 자기의 주인이 되었을 때 비로소 나타나는 것이며, 이것은 그 자신에 대한 예의만이 아니라, 타인에 대한 예의가 아닐까?

자신을 극복하는 것이 이처럼 자기의 완성을 추구하는 것이며, 모든 사람이 자기를 극복하는 데 충실할 때, 사람이 사는 세상은 보다 완성된 세상으로 변모해 가는 것이 아닐까?

현인賢人들은 이런 상태를 미혹迷惑되지 않는다 하여 불혹不惑이라

했고, 더 나아가서 이순耳順의 경지라고 했던가?

뉘우치며 아파해야 할 때

일 년 중 가장 우울한 때가 송년送年에 즈음한 때이리라. 왠지 너무 많은 실수와 잘못을 저지른 것 같고, 자신이 더 없이 초라해 보이고 한 일도 없이 일 년이 다 가는 횅한 거리, 찬바람에 밀려 얼음길에 걷노라면 고독이나 허무는 가벼운 표현이며 삶이 이다지도 가혹하고 잔인한가 새삼 깊이 실망도 하리라.

분주히 스쳐가는 사람들을 보면 모두가 넘치는 자신감으로 씩씩하고 보람차게 살아온 것 같고, 활기찬 걸음걸이 높은 목청에 압도되어, 자신만이 가장 못났고 어리석게 허송세월하고 나서 이 초라한 모습으로 밀려나는가 싶어 어디론가 숨어 버리고 싶어진다.

때마침 떠나는 버스에 올라앉으면 마음은 한결 가벼워진다. 창밖을 내다보면 내 그래도 용케 저 거리에서 무사히 살아왔구나 싶어 스스로 대견스럽게도 느껴진다.

그렇다. 지난해도 우리 모두는 성실히 살아왔다. 각자가 제자리를 지키며 맡겨진 일에 열심을 다했고, 자기능력과 취미를 시험하는 탐색적 노력도 아끼지 않았다. 될수록 정직해지려고 노력했고, 자기와 타인을 사랑하려 애썼고, 도움이 되고자 했다. 불의와 타협을 거부하려 했고, 때로 쓰러지기도 하였으나, 안일과 시기 증오와 초조와도 끈질기게 싸워왔다.

못 나고 무능할수록 자기 연민이 각별하듯, 약하고 못 나서 이웃 나라로부터 당하는 수모에 치를 떨며, 힘을 모아 나라에 대한 애정도 서로 확인했다. 처지와 형편이 어려울수록 마음만이라도 따뜻이 모으려는 열심을 보이며 살아왔다. 이런 생각으로 얼마의 위로를 얻어 차내를 둘러보는 순간, 너무도 섬뜩하여 무서움조차 느껴졌다. 버스 안의 표정은 한 점의 핏기도 흐르지 않는 듯 무표정 무감각 그대로이다.

보아라. 우리는 세월이 아무리 오고가도, 우리는 우리가 흘린 땀을 마셨으나 갈증은 더해만 가고, 제 땀에 젖은 손발에 얼음 박히는 삶이 조금도 약화되지 않았다. 도대체 성실이 무엇이며 그 대가가 무엇이냐. 세월이 흐른다고 달라지는 것이 없고, 세월이 옷자락에 쓸려 끔찍한 사건들의 기억이 사라졌을 뿐이며, 그에 비하면 크고 작은 사건들은 저절로 용서된 것뿐이 아니냐고 외치는 것 같았다.

그럴지도 몰라, 성실과 정직으로 따지자면 이들이 훨씬 더 많은 땀과 눈물을 흘렸을 것이며, 정직을 위해서 더 원초적인 유혹과 싸웠을지도 몰라. 우리가 열심히 성실을 내세워 저지른 실수를 이들은 잊고 용서만 하고 살아 왔는지도 모르지.

사실 우리는 많은 것을 너무 빨리 잊고, 쉽게 용서하려고 했고 또 그렇게 살아왔다. 어디서 온 풍속인지 모르나 망년忘年이란 이름으로 잊어서는 안 되는 것까지 쉽게 잊었고, 앞날을 위하여 합리적이란 구실로 너무 빨리 용서하는 데 길들여졌다.

그래서 못 잊고 용서 안 될 것을 빨리 잊고 용서할수록 대인의 기질과 인품이라 부추겼다. 그래서 우리 모두는 쓸개조차 없는 듯 망각과 용서의 명수가 되고만 것은 아닐까. 대륙적 기질이라 자찬하면서 못 견딜 수모를 너그러이 용서하고, 잊어선 안 될 것을 자고 나면 잊어 오진 않았나. 더구나 자기 잘못과 실수에 더욱 그러하지 않았는가.

세월은 묘약이라 하여 원한도 세월이 지나면 잊히고 용서되자면 진실로 장구한 세월이 흘러야 한다. 어째서 겨우 몇 달 전, 일 년도 못 지나서 그렇듯 까맣게 잊고 흔적 없이 용서가 될 수 있는가.

참된 용서란 애정과 같아서 잘못을 따지고 꾸짖고 바로잡는 것이며, 교훈으로 삼는 것이지 눈감아 주는 것은 아니다.

우리는 너무 헤프게 용서도 잘하고 빨리 잊어 오는데 습관이 들어, 자신의 불의도 사회의 부정도 쉽게 잊고 용서한 결과, 도리어 그것을 조장해 온 것은 아닌가. 사랑을 강요하며 인연으로 여기진 않았는가. 이렇게 망각과 용서가 지나쳐 체험과 절망의 저 무감각하고 무표정이 된 것은 아닐까?

지금은 잊고 용서할 때가 아니다. 오히려 낱낱이 고발하여 뉘우치며 아파해야 할 때다. 송년의 통회痛悔가 가혹할수록 새해의 실수는 적어지리니.

오늘 하루가 마지막인 것처럼

공무로 외국에 출장 갔던 동기동창 한 친구가 죽었단다. 이른 아침 잠을 깨운 전화내용은 교통사고로 인한 그의 사망비보였다.

순간적으로 떠오르는 훤칠한 허우대, 선량한 눈매와, 싱겁기 짝이 없는 그 멋쩍은 웃음, 꾸부정한 어깻죽지와 비듬이 허어연 더벅머리, 아니 너무도 성실히 일하던 그의 모습… 등.

죽다니? 오늘 당장이라도 찾아가면 싱겁게 웃으며 맞아줄 듯한데…, 그가 죽다니? 아니 그 한창 나이에 하마 죽고 말다니.

시신도 없는 빈소를 찾아가니 네 살짜리 막내는 손님들이 많이 찾아온 것에 신이 나서 뛰어다녔다. 해야 된다는 사무실의 일 외에도, 집에서도 하려던 일이 너무 많았단다. 겨울을 나기 위해 집을 수리하고, 손보다 고치려던 가구와 아이들 도와주기… 등은 모두 급한 출장을 다녀온 다음에 하기로 미루었는데…. 그 모두를 다 어찌하고 그가 죽다니. 아니 백 가지를 다 양보하고서라도 네 살배기 저 철부지를 어쩌자고 죽을 수 있었단 말인가?

우리 동창 모두는 그의 죽음을 실감할 수 없었다. 그러나 그 아까운 나이에 그는 죽었고, 시신이 당도했고 장례도 치러졌다.

아무런 예고도 없이 어느 순간 어느 하루 갑작스레 죽었더라도 그가 죽은 것은 분명한 현실로 나타났다. 아니 그렇게, 어찌 그렇게 죽을 수 있어야 하는가? 그러나 생각해 보면 누구나 그렇게 죽을 수가 있음을 왜 모르겠는가? 청년이라 하여, 어린아이라 하여, 노인보다 늦게 죽는다는 아무런 보장이 없음을 누가 모른단 말인가. 형편을 보아가면서 죽음이 닥쳐오는 것은 아니라는 사실을 누가 모르겠는가!

거리에 무수히 달려가는 차량을 보면, 그 누구도 저 차들에 치여서 죽을 수 있다. 남편을 교통사고로 잃었다 해도, 자식을 그렇게 잃었다 해도, 우린 차를 타고 다니며 살지 않을 수가 없지 않는가. 어느 날 어느 순간에 달려오는 저 차바퀴에 치여서 허무하게 죽어 갈 수 있다는 생각을 우린 까맣게 잊고 산다.

그 친구가 그렇게 빨리 갈 줄 알았다면 좀 더 자주 만나고, 좀 더 우정도 깊이 있게 나누어 가질 걸. 집에 돌아오니 우리 막내가 맞아준다. 막내를 보니 눈물이 난다. 어느 날 내가 갑자기 죽는다면 저 애는 어찌 되나?

내가 살아 있는 동안 하려던 일들, 시와 학문이 어찌 되겠는가?

고개를 드니 문득 눈에 들어오는 창밖의 십자가, 그 십자가에 감사하고 싶어진다. 내 집 가까이 교회가 있어서, 눈을 들면 언제나 교회의 십자가를 볼 수 있다는 사실이 너무나 고맙게 여겨진다.

언제 죽을지도 모르는 우리, 만년을 살 것처럼 생각지 않는가. 살아 있는 세월을 소중히 살자. 아니 오늘 하루하루를 소중히 여기면서 살아야지.

어떤 목숨은 하루 동안에 그 생명이 다하지 않는가. 하루만 살도록 되어 있는 하루살이란 것도 있지 않는가. 나의 오늘 하루는 그에겐 전 생애가 되지 않는가? 아아 살아 있다는 사실이 어찌 이리도 고맙게 느껴지는가.

뜨락엔 과꽃이랑 봉숭아, 나팔꽃들이 말라 죽어서 지저분하다. 그렇구나. 한 계절만 살 수 있는 초목도 있고, 봄부터 가을까지 세 계절이 그의 전 생애로 창조된 목숨들은 많으니.

내가 짜증내고 지겹다고 불평하고, 기분 언짢다고 우울하다고 투정대는 오늘 하루가, 단 며칠이, 아니 이 외로운 가을 한철이 수많은 생명에겐 생애의 전 기간이 되지 않는가.

매미는 여름날 며칠을 살기 위해서 칠 년인가 십삼 년인가를 어둡고 축축한 땅속에서 굼벵이로서 살아야 한다지 않는가. 그에 비한다면 기나긴 나의 일생 중 아프고 고통스러운 한 시기가 있다는 것도 얼마나 가볍고 하찮은 것이겠나.

때로 우리 삶이 한심스럽다 해도, 소중한 하루하루임을 잊어서는 안 될 듯, 그래서 소중한 하루하루를 즐겁게 성실하게 진실되게 살아야 할 듯. 우린 흔히 남의 죽음에 충격을 받지만 그 충격은 쉽게 잊어진다. 두렵고 겁나는 숱한 일들이 일어날지라도 자기에게만은 그런 일이 절대로 일어나지 않으리라 생각하기도 하고 바라기도 한다.

그래서 만년을 살 것처럼 욕심 부리며, 때로는 황금에, 때로는 권력에, 때로는 명예에 탐닉하여, 남에게 상처도 입히고, 자기 자신에게도 부끄러운 짓을 하게도 된다. 조금씩 거짓말도 하고, 조금씩 남을 욕하기도 하면서 산다. 전쟁이 일어나도, 지진이 일어날지라도, 태풍이 몰아쳐도, 그 어떤 천재지변이 일어날지라도, 그래서 수많은 목숨들이 죽거나 다치더라도, 자기에게만은 아무 일도 일어나지 않을 것으로 안다.

그러나 그런 우연은 누구라고 비켜가 주지 않는다. 자녀가 어리다고 비켜가 주지 않고, 몸이 아프다고, 할 일을 다 못한 사람이라고 비켜가 주진 않는다. 그 언젠가 갑작스런 순간 나의 동창 친구처럼 처자식을 버려둔 채 나라 위한 공무를, 사회 위한 중요한 일을 하다가 중단한 채, 말 한마디 못하고 죽게 될지 모른다. 그런 일이 오늘 당장 일어날지 누가 아는가.

오늘 하루, 내가 소홀히 여긴 오늘 하루를 더 살게 해달라고 울부짖으며 기도하는 환자도 있으리.

오늘 하루, 별일 없이 어정거리며 허비하는 나의 오늘 하루가 어떤 목숨에겐 일평생을 마무리하는 엄숙하고도 기막힌 시간일 수 있으리.

눈을 감으니 죽은 친구의 빈소에서 뛰놀던 그 집 막내 모습이 눈에 아른거린다. 문득 오늘 내가 죽게 된다면 나는 내 꼬마들에게 어떤 어머니로 남겨질 것인가?

선량하고 따스하여 가족과 이웃에게 사랑을 받던 어머니로 기억될까? 아니면 늘 뭔가에 쫓기듯 들떠 있어, 자녀를 가족을 귀찮게 여기던 어머니로 기억될까? 아니 내 학생들, 내 친구, 내 이웃들에겐 어떻게 기억될까?

문득 두려운 생각이 든다. 내 동창이 남긴 그의 기억처럼 아름다운 모습, 정직하고 진실된 모습으로 기억되고 싶다. 오늘 하루가 마지막 날이듯이 진실과 성실을 다해 하루하루를 살고 싶다.

소설처럼 아름다운 사랑은 없다

　사람들은 누구나 적어도 한번쯤은 기막힌 사랑의 주인공이 되고
자 한다. 괴테의『젊은 베르테르의 슬픔』에 나오는 베르테르와 로테
의 사랑 같은, 이광수의『사랑』에 등장되는 석순옥 같은, 아니 우리
시대에 살아 있었던 심프슨 부인과 에드워드 8세의 사랑 같은…

　그러나 진정 기막힌 사랑이란 그 마지막도 기막히게 아름답도록
눈물겨워야 할진데, 연상의 이혼녀를 사랑하여 왕위조차 버렸던 현
실적 실화는, 끝내는 기막힌 아름다움만은 남기지 못하는 것 같다.
그보다는 오히려 결혼도 하지 못한 채, 그 사랑 변치 않고 심프슨
부인을 사랑하고 사랑한 나머지, 죽기까지 독신으로 살며 서로가 안
타까운 거리를 유지했더라면, 그래서 죽어서나 함께 묻히고자 유언
이라도 남겼다면, 더욱 멋진 비극이 되었을 텐데….

　왜일까?

　진정한 아름다움이란 비극적이어야 하고, 비극적이라면 사랑하는
이들 간에는 좁혀지지 못할 거리가 있어 줘야 하기 때문일까? 아니
면 슬픈 것만이 진정 아름다울 수 있다는 일반적 논리의 모순 때문

일까?

1774년 9월 독일의 괴테가 발표한 『젊은 베르테르의 슬픔』은 이루지 못한 베르테르와 로테의 사랑 때문에, 더구나 종말이 자살이라는 비극 때문에, 당시의 독일 문단은 말할 것도 없고 유럽의 여러 나라에 새로운 센세이션을 일으켰다고 한다.

「괴츠 폰 베를리힝겐」이란 희곡으로 겨우 문단에 데뷔했을 뿐인 무명의 괴테를 구라파가 떠들썩할 정도로 유명하게 해준 『젊은 베르테르의 슬픔』은, 누구나의 가슴속에 깊이 자리한 사랑과 비극에 대한 이중적 갈망을 잘 채워 준 내용이리라. 아니 삶의 본능과 죽음의 본능을 함께 지닌 인간의 모순성을 적절히 충족시켜 준 것이었을지도 몰라. 사랑을 얻고 싶고 사랑하는 이를 차지하고 싶으면서도, 사랑을 얻어 누리기보다는 오래오래 음미하고 안타까워하기를 바라는 인간심리의 이중성, 살고 싶고 쟁취하고 누리고 싶으면서도 파괴하고 깨부수고 잃어버리고 죽고 싶은 본능적 욕구를 괴테는 잘 간파했었는지도 모를 일.

어쨌든 『젊은 베르테르의 슬픔』때문에 베르테르식 복장이 유행했었고, 청년들은 베르테르를 본떠서 자살을 극도로 미화시킨 나머지 실제로도 자살이 속출되었다 한다. 뿐만 아니라 작품에 등장한 주인공 베르테르에 감격한 나머지 괴테조차도 반은 신성神性을 지닌 존재로 존경하고 사랑하고 추앙하였다고도 전해진다. 게다가 젊은 부인들은 자신의 베르테르가 나타나주기를 기대하여 이혼하는 사례도 많았다고 한다.

독서를 좋아했다는 나폴레옹이긴 하지만, 아무리 그렇다 해도 이

집트 원정 중에도 이 책을 몸에 지닌 채 7번이나 읽었다고 하니, 괴테와 그 소설의 인기도를 가히 짐작할 수 있을 것도 같다.

사실 『젊은 베르테르의 슬픔』은 괴테 자신의 이야기를 좀 각색하고 과장한 것이라 하며, 그의 일기와 상당 부분 일치된다고 알려졌다. 대학을 졸업하고 변호사가 되었던 괴테는 그의 나이 23세에 이 소설을 썼다. 그는 1772년 라인지방의 베츠라르에 있는 재판소에 실습을 하러 갔다가 친구인 케스트너, 즉 소설 중의 이름으로 알베르트인 그의 약혼녀를 만나 사랑에 빠졌다. 그녀의 실제 이름은 샤를로테 부프이나 소설에선 로테이다. 괴테는 친구의 약혼녀인 그녀를 어쩌지 못하고 번민 끝에 베츠라르를 떠나 그녀를 잊고자 결심했다.

괴테에게는 또 다른 친구 예루살렘이 있었는데, 그는 유부녀와의 사랑에 빠졌다가 실패한 것을 비관하여 자살한 사건이 있었다. 이 사건은 괴테에게 그의 사랑얘기에 어떤 힌트가 되었다.

즉 괴테는 자신과 로테의 사랑에 예루살렘의 자살건을 연결시켜서, 베르테르란 젊은이(곧 괴테 자신)가 로테 부인을 사랑하였으나 끝내 사랑을 이루지 못한 나머지 자살하고 만다는 순정적 이야기로 소설을 쓴 것이, 곧 『젊은 베르테르의 슬픔』이라 한다.

편지체로 쓴 이 소설을 처음 읽은 때가 철부지 중학생 때였으니, 사실 제대로 읽었던 것은 아니었다. 이번 방학 중에 다시 읽어보니 소설의 아름다움을 제대로 맛보는 듯, 누구나 한번쯤 꿈꿀 수 있는 기막힌 사랑이라 느껴진다.

이토록 아름다운 소설을 쓴 괴테에 대한 일화도 많이 전해진다. 겁이 많았던 괴테는 나폴레옹이 겁나서 그에게 아부하는 시를 써

바치기도 했다 한다. 괴테가 프랑크푸르트 시장으로 있을 때, 나폴레옹 군대가 그 도시를 점령했고, 괴테는 마지못해 그를 영웅으로 찬양하는 시를 써 환영하고 나서, 베토벤을 찾아가 울며 하소연했다고 전해진다.

"그대는 나폴레옹을 위해 영웅교향곡을 작곡했다가, 그가 스스로 황제된 것에 실망하여 그 악보를 찢어버렸는데, 나는 거꾸로가 되었네…. 진실로 그대가 부럽도다." 라고 말했다는 괴테가 얼마나 마음 약한 남성이었는지 짐작이 간다. 그의 마음이 그리 여리지 않고서야 어찌 『젊은 베르테르의 슬픔』같은 다감한 순정적 편지를 쓸 수 있었겠는가.

사실 괴테는 로테를 구원의 여인상으로 사랑했었다. 이런 그의 여성관은 만년에 쓴 『파우스트』에서도 구원의 여인상 그레첸으로 이어지는 것 같다. 사랑하는 여성을 이렇듯 순수하게 보는 그의 순진성은, 그의 나이 80에서도 16세의 술집 주인의 아가씨에게 결혼을 청했다는 얘기로도 이어질 수 있으리.

아무튼, 괴테로 하여금 『젊은 베르테르의 슬픔』을 쓰게 한 로테, 단테로 하여금 『신곡』을 쓰게 한 베아트리체같이, 한 남성에게 구원의 여인이 되는 비결은 무엇일까? 여성이면 한번쯤 알고 싶어 할 그 비결. 소설같이 극적인 인생을 경험한 바 없으나, 이들 여러 소설과 작가에게 떠도는 에피소드를 분석해 보면, 모름지기 이루어진 사랑이 아니라, 이루어지지 못한 사랑일 때 사랑의 상대 여성은 영원히 구원의 여인상으로 남는 것이 아닐까?

아니 이보다 더 분명한 것은 그것이 현실이 아닌 소설속의 사랑이기 때문에 기막히게 아름답고, 소설속의 주인공임으로써 구원의 여인상으로 남게 되지 않을까?

그렇다. 참으로 분명한 사실은, 소설보다 아름다운 사랑은 없으며, 소설처럼 아름다운 비극을 꿈꾼다면, 그는 분명 어리석은 바보이리.

정승되긴 쉬워도 명기되긴 어렵다

기생과 나의 인연

우리 민속은 일제 강점기 왜인들의 철저한 비하 정책으로 엽전, 짚신 등의 자기 비하와 함께 망실·상실·유실·폐기되어 버렸음을 깨달았을 때가, 1970년대 중반이었다. 유학에서 돌아와, 우리 고유의 아동 양육 및 교육에 관한 자료를 수집하면서 부닥친 아프고 쓰린 탄식이었다. 선진적이라는 서양의 것을 배우러 가서, 후진적이고 우매한 것이라는 우리 것에 대한 가치에 눈떠 돌아온 내게, 불학무식하다는 노인 세대들은 막걸리 한 병과 부침개 한쪽이나, 새우깡 한 봉지의 보상에도, 너무나 소중한 우리만의 자료들을 무한정 제공해 주었다.

그 많은 자료는 내가 감당할 수 없는 너무나 방대하고 다양한 것들이어서, 아니 너무나 진지하고도 성실하게 끝도 없이 쏟아내 주어서, 학문적인 것들 외에, 나는 『땡삐』라는 민속 소설 몇 권으로 담아두고 싶었다. 허구화하지 않으면 그들의 진실을 도저히 담아둘 그릇이 없었기 때문이었다. 시나 수필 같은 그릇으로는 그 어른들이 제공한 자료의 백분의 일도 담아둘 수가 없었다.

문학은 승자의 기록인 역사와는 달리 패자의 기록이다. 역사는 사실을 담지만, 문학은 사실 뒤에 감춰진 진실을 담는다. 그러나 역사가 아무리 사실을 담아낸다 하더라도 개인적 사실이나 시대적 사실을 모두 담아낼 수는 없고, 하물며 개인적 진실과 시대적 진실은 담아내기가 불가능하다. 그래서 허구라는 문학이 필요하다고 느꼈다. 시대적 격류에 치이고 쓸려가면서 생존하기 위해 겪어야 했던 개인의 진실을 누가 보상해줄 것인가? 보상은커녕 누가 기억해주는가? 자료를 제공해주던 노인 세대들이 가장 비통하고 분통 터져하던 것이 바로 이 점이었다.

땡삐라는 야생 땅벌들처럼 살았던 이 땅의 민초들의 삶, 삶이 아니라 생존을 위해 당해야 했던 온갖 치욕들, 동족에게, 친지에게, 혈육에게, 이민족에게, 타인에게, 남성에게, 어른에게… 그들의 생애는 수난의 생애였다.

아직 젊었던 나는 우연히 기생 학교였던 권번券番에서 침모 즉 기생들과 아기 기생인 동기들의 의복 담당이었던 할머니를 만날 수 있었다. 또한 기생이었다고 짐작되었던 서너 분의 할머님들로부터 얻어낸 자료는, 기생이야말로 최초의 직업여성이었다고 생각하게 했다. 그분들로부터 기생이야말로, 사대부들보다 더 품위와 격조를 지키면서 나름대로 애국해 왔었다는 것을 파편적으로나마 들을 수 있었다. 그 할머니들과의 만남은 행운이어서, 여타의 기회에 수집된 자료, 특히 속요와 부요, 동요들과, 비교적 신분적 제약으로부터 자유로울 수 있었던 하층 서민들, 특히 기생들의 애환을 이야기로 꾸몄다. 그것이 『땡삐』 4권이었다. 나의 기생 연구는 단순히 송이松伊나 황진이黃眞伊 등의 작품을 암송하고 감탄하는 수준에서, 나라와 시대 변혁에 기여한 그들의 업적으로까지 확대되었다. 어쩌면 독립투사들 못지않게 독립운동을 했던 기생들이라고, 그들의 품위 있고 기품 높은 언행은 얼치기 양반가 부녀자들의 스승이어야 했었다고.

그 책의 서문에 이렇게 썼던 기억이 난다.

"정승政丞되긴 쉬워도 명기名妓되긴 어렵다"고. 정승은 임금 한 사람의 눈에 들면 가능했지만, 명기란 수천 사내들의 마음을 사로잡아야 가능했기 때문이다.

명기를 꿈꾸었던 기생들의 품위와 격조

"여자는 역대 국호와 선대 조상의 이름자만 알면 족하고 문필의 공교함과 시사詩詞를 아는 것은 창기의 본색이지 사대부 집안의 여자들이 취할 바가 못 된다."

이는 퇴계 이황李滉선생이 『규중요람閨中要覽』에서 밝힌 여성관이었다.

"독서와 강의는 곧 사내들의 일이다. 여자는 조석과 여름 겨울 밥상 올리는 일, 귀신과 손님 받드는 일이 있으니, 어느 틈이 있어 책을 대하고 읽고 외울 것인가. …만약 여자가 길쌈 짜는 일에 느리면서 그것을 배우려 하지 않고 애써 책보기를 하면 어찌 옳다 할 것인가."

이는 성호 이익李瀷선생의 그의 『성호사설星湖僿說』에서 밝힌 여성관이다.

조선시대의 대표적인 두 학자의 여성관이 이러했으니, 당시에 여성 문학이란 말 자체가 존재했을 리 없었지만, 가장 천한 신분을 역이용했던 기생들은 우리 문학사에 실로 좋은 작품들을 남겼다. 만약 이들이 없었다면, 우리 문학사는 고려가요처럼 전수자가 없어 망실되었을 것이다. 반가의 여성들은 이들 두 대표적인 학자들의 견해대로, 당시 여성 규범대로 사느라고, 깊고 깊은 안방에서, 창작의 욕구를 부정한 음식을 다스리듯 억제만 했으나, 기생들은 진솔한 정서를 차원 높은 시가로 승화시켰다.

물론 사임당 신씨나 사주당 이씨, 빙허각 이씨 등의 극소수 양반 규절들이 분출되는 창작 의욕으로 약간의 학문 저서와 생활백과사전격의 문헌이나 시가 작품을 남기기는 했으되, 신분을 거꾸로 이용하여 거침없이 작품활동(?)을 했던 기생들의 업적에는 미칠 수가 없었다.

개인적으로 나는 송이라는 기생의 「솔」이라는 작품을 최고로 꼽는다. 왜냐하면 사랑 이외에 자기 품위, 여성의 기상과 기백, 자존감을 선언하는 작품이기 때문이다.

솔이 솔이라 커니 무슨 솔만 여기는다
천인절벽 우에 낙락장송 내 긔로다.
길 아래 초동의 접낫이야 걸어볼 줄 잇시랴.

한마디로 기생이라고 별 잡놈들이 다 건드릴 생각은 말라는 자존감, 자기 위상, 자기 원칙의 선언이기 때문이다. 기생이라도 이만한 콧대였다면, 그의 콧대가 얼마나 도도했는가를 가늠케 한다. 기생들이 흔히 연인에 대한 애절한 사랑 타령의 시편들을 남겼다 하지만, 그런 작품들이 매우 절품의 품격을 지녔다 쳐도, 어찌 사랑만으로 그의 자기 선언, 생의 철학, 인생관 등이 담길 수 있었으랴만, 송이는 그 이름부터가 천인절벽 위의 낙락장송의 철저한 고독과 고매한 기상과 기백을 선언하고 나섰다. 이쯤의 기생이라면 치마만 둘렀을 뿐 사내대장부보다 더 월등하지 않았으랴.

기백 높은 여성상을 보여준 기생

흔히 기생을 기녀라고도 하는데, 이는 틀린 말이다. 물론 조선 중기 이후부터이긴 했지만, 기생은 한양·평양·진주 등에 있는 권번이라는 기생 학교에서 어린아이 적부터 동기童妓로서 엄격한 예의범절, 시서회詩書畵는 물론 가무歌舞 및 상당 수준의 교양 교육을 받아야 했다. 조선시대에는 기생을 관장하는 관청도 있었다고 하는데, 이런 교육 덕으로 신분은 천민에 속했지만, 용모나 품성, 재주와 언행은 물론 교양 수준이 상류층에 맞먹었다. 그래서 식자층 남성들의 희롱을 상대할 만했고, 나아가서는 졸장부들을 조롱하고 꾸짖는 경우에도 이르러, 그들의 자부심은 대단했던 것으로 알려졌다.

이런 전통은 이어져서 제일 먼저 창씨 개명한 송병준을 강아지 이름 부르듯 했고, 왜장을 안고 강물 속에 뛰어든 진주 기생 논개는 기생 교육의 표본이었으며, 돈 많은 중년 신사가 거금으로 몸값을 주고 소실로 삼으려 할 때, 그 돈으로 나라 위해 피 흘리는 젊은이를 위해 쓰라고 호통 친 명월관의 산홍山紅도 있었다.

이런 모범적 선배 기생들의 맥을 이어, 색향色鄕이라는 평양의 기생은, 정조조 시인인 신광수의 「등악양주탄광산용마시」를 잘 읊었으며, 함흥 기생들은 『삼국지』에 나오는 제갈량의 출사표를 암송했고, 평안도 의주와 함경도, 제주도의 기생들은 말을 잘 달리는 등 의기예를 자랑했다. 강원도 관동 지방 기생들은 정철의 「관동별곡」을, 안동 지방의 기생들은 사서삼경 중에서도 『대학』을 잘 암송했다고 알려졌다. 오히려 이런 기생들은 조선조 우리 여성상이 지녔던 꿋꿋한 기상과 천인절벽 위의 높고 강인한 기백을 보여주었다.

이들 기생들이 이처럼 기백과 기상이 높을 수 있었던 것은 그들의 권번 교육이 철저했던 것과, 그들이 상종했던 계층의 남성들의 지식과 교양 수준과 맞대응할 수 있었기 때문이라고 본다. 석학 서화담과의 일화를 남긴 명월 황진이나, 허균, 이귀 등과 교분을 쌓았던 이매창李梅窓등이 명기라는 기생들의 꿈이었고, 현재까지 전해진 고려가요의 전수자로서의 기생의 역할과도 무관하지 않았을 것이다.

이들의 교양 수준은 일제 강점기로 이어져 한성권번에 소속 기생들만도 5백여 명이나 되어, 영화나 연극 애호가 이상의 영향력을 발휘했으며, 식자층 여성의 역할을 대신했다고 한다.

기생들은 아이 적부터 기생 어미의 수양딸로 가난한 천민집 여아를 사오거나 얻어오기도 했고, 버려진 여아를 주워오기도 했으며, 당시 무당이라는 극천민 신분의 딸들은 혼인을 기피당했기 때문에, 권번의 개구멍받이나 수양녀나 업둥이로 들여보내서, 무당보다는 나은 신분의 기생이 되게 했다고도 한다. 그래서 곧잘 무당 어미 뱃속에서부터 춤추었으니, 오죽이나 춤을 잘 추었겠느냐고들 했다 한다.

기생의 역사는 고대 사회에서 전쟁 포로 중에, 외모가 곱고 가무에 재능 있는 여아들을 뽑아, 위락에 취흥 돋우는 일을 맡겼던 데서 비롯되었다고 한다. 또는 신라 제24대 진흥왕 때 화랑의 전신인 원화源花에서 유래되었다고도 한다. 그러나 고대 제정일치 시대에 사제였던 무녀巫女가 정치와 종교의 분리에서 권력자 주변에 머물면서 유녀遊女로 전락해 무속의식에서 사용했던 가무의 재능을 음주 오락에 사용했다고도 본다.

『성호사설』에는 우리가 아는 기생은 양수척揚水尺에서 비롯되었는데, 본래 고리장이로 고려가 후백제를 칠 때 가장 다스리기 힘들었던 집단이었단다. 소속도 없고 부역에 종사하지도 않는 떠돌이 집단으로, 버드나무로 키나 소쿠리 등 생활도구를 만들어 팔러 다녔는데, 후에 노비적籍에 오르면서 용모가 고운 여자를 골라 가무를 가르쳐 기생으로 만들었기 때문에 천민으로 여겼고, 기생은 노비처럼 한번 기적妓籍에 오르면 벗어날 수 없는 천민이 되어, 양반 남성과 아이를 낳아도 어미의 천한 신분을 따르게 되는, 천자수모법의 제약을 받아, 여아는 기생이 될 수밖에 없었다고도 한다.

기생의 여러 신분

기생은 해어화解語花라 하여 말을 알아듣는 꽃이라고 불렸는데, 꽃처럼 고운 기생에는 3패 층이 있었다고 한다.

제1패 층은 관기였으며, 유부녀들로서 남성들에게 몸 파는 것을 수치로 여겼다. 대신 의술이나 침술에 밝고, 시서는 물론 전통 가무의 기능도 소지하여, 외출 시는 붉은 우산 즉 홍산을 사용하여 얼굴을 가렸을 정도였다 하니, 오늘의 전문직 여성이었다고 볼 수도 있다.

다음으로 제2패 층은 제1패 층 수준보다는 못하나 전직 기생 출신이면서 몰락한 사족의 부녀나 과부도 섞였으며, 직업적이지는 않았으나 몸을 판다 하여 정조 또는 지조라는 의미의 은군자隱君子라고도 불렀는데, 허가 없이 매음도 하였고 매음 중개인 뚜쟁이와도 연결되었다. 이들은 푸른 우산 즉 청산을 사용하였다고 한다.

마지막으로 제3패 층은 직업적인 매음부로서 더벅머리라고 불렀는데, 기생처럼 가무는 못하게 되었고, 예술적 소양과 교양은 물론 지조와도 상관없는 창녀류였으며, 정·재계 유력자의 후원으로 신창조합을 만들고 기생으로 자처하면서, 3패 층이라는 이름은 없어졌다고 한다.

이러한 기생의 신분과 등급은, 일제 강점과 함께 신분제와 질서의 해체로, 모두 싸잡아 기생으로 통칭하기에 이르렀고, 남성 상대의 유흥 접대 종사 여성의 수요에 충당하기 위해 대도시에 기생학교, 기생 조합을 만들어, 교양·일본어·예기 등을 가르쳐 요릿집에서 응대시켰다고 한다. 이들은 일제 치하에 부당한 학대·착취에는 동맹 파업으로 대결하는 단결력을 보였고, 만세운동·독립운동 인사의 접촉 장소 제공, 민족적 저항의식을 발휘할 정도로 그들만의 영역도 구축했다고 한다.

광복과 미군의 진군으로 몸을 팔아 가솔의 생계를 책임지는 갈보, 즉 금품 갈취자라는 접대 층이 기생을 대신하게 되었다. 따라서 기생은 갈보나 유녀 즉 창기娼妓와는 달랐다. 전란시마다 군대 주둔지에 자생했던 유녀가 즉 갈보와 동일 층이었다면, 관아에 속하여 여악女樂을 담당했던 기생 또는 기녀·비녀婢女와는 달리 유녀는 소속이나 관아의 통제 없이 개인적으로 매춘하는 윤락녀로서 기생과는 구별되었다.

유녀는 창기와 흡사하여, 남편이 따로 없는 서민층에 많았다고 한다. 전쟁을 통해 피정복 집단의 부녀자가 전락한 것으로 보는데, 무예를 숭상했던 고구려 시대에는 노비제도가 국법으로 확립되지 않아 유녀와 창기의 구별이 없었고, 고구려의 지정학적 위치로 전투가 잦아 군사 주둔지에 매음을 업으로 하는 유녀가 따랐다는 것이 일반적 견해이다.

고려 광종조에는 노비안검법이 생겨, 기생은 관아 소속으로 예악을 담당시켜, 기생에 속했던 기녀·비녀가 관청이나 개인의 통제를 받지 않았던 것과 달리, 유녀는 일정 소속도 없고 관아의 통제도 안 받고 개인 매춘을 하는 윤락녀들이었다고 본다.

『고려도경』에는 몸 파는 여자와 취흥을 돋우는 여자, 천민 신분으로 양반의 첩이 된 여인들을 사민유녀士民遊女, 작악유녀作樂遊女, 차관비, 잡역지비 등으로 구분했다.

유녀는 조선시대에도 있어서 소속이나 거주지가 일정치 않아 마을 아닌 곳에 떠돌이로 살았으므로, 사회적 기반이 구축된 기생과는 달랐다. 매춘은 극히 소수 특수 신분에 속한 부류에 의해 이루어져,

그들 나름대로 엄격한 법도도 있었다고 한다.

일제 강점기하에 공창公娼이 한양을 비롯한 대도시에 생기면서 매음 업체가 생기고, 유녀·창녀들이 제도권으로 들어와 직업 매춘부가 되었는데, 광복 후 공창제 폐지로 사창제가 명맥만 이어지다가,

6·25전쟁으로 사창제도는 종3·미아리·청량리588 등으로 생겼다.

기녀는 여성 의료인

조선조 태종 6년(1406) 부인들의 질병 진료를 담당하는 목적으로 의녀醫女제도가 생기면서도 기녀가 생겼다고 한다. 당시 부녀자들이 남성의 진료를 꺼림으로써 왕명으로 의료기관인 개성원에 의녀를 뽑아 진맥과 침 시술, 산파 등의 단순 의료기술을 가르쳤다. 그러나 당시 여성의 대외 활동을 제한하는 관습으로 의술 교육은 남자들이 전담하여 양반가는 물론 일반인들의 의녀 지원자가 극소수였다. 그래서 창고나 궁사 소속의 신분 낮은 집 여인들 중에서 나이어린 여아를 뽑아 약 짓고 간단한 의술 시행을 가르쳤다.

의료 교육을 수료한 이 여인 중에는 여성이 많이 거주했던 궁중에도 배치하여 궁 안 여인들의 조산 등 의료 행위를 담당케 했다. 빈한층의 소녀들을 뽑아서, 제 이름도 못 쓰는 의녀들이 많아 의료 행위가 제대로 이루어지지 못했는데, 이들에게 음악 등을 가르쳐 한양도성의 관청에서 열리는 잔치에 참석시켰다고도 한다. 이런 이유로 의녀들은 궁중 내 의원의 약방에 있으므로, 약방 기생이라 하여

잔치의 취흥을 돋우는 기녀 역할도 담당했다고 한다.

이런 과정으로 연산군 때는 기생을 운평運平이라 하여 궁중에 상주하는 기생은 홍청·가흥청·속홍으로 불렸고, 왕을 모시는 기생을 지과홍청, 왕과 동침하면 천과홍청이라 불렸다고 한다. 필요한 수요를 충원하기 위해 지방에 사절까지 파견했는데, 기생 수가 1천명에 이르렀고 궁중 상주 기생만도 300명은 넘었다고 한다.

이런 기생의 역할로서 약방 기생도 의녀보다는 기녀로서의 역할이 우선되었다고 한다. 또한 상류층의 사치혼을 금하면서, 기녀는 사치 혼수 단속원, 호화 잔치나 혼례 시 조정의 비밀 파견 감시자로서의 역할도 했다. 이들 기녀들도 잔치에는 기생들과 함께 어전 섬돌 위에 앉게 되었다고 했다.

약방 기생은 늙으면 고향으로 돌아가 생계유지를 위해 지방 유지의 연회 장소에서 취흥을 돋우는 일을 하여, 궁중 예술이 이들을 통해 일반에 전해졌고, 약방 기생 중에서 좀 더 전문 지식이 있고 품위 있는 궁중 생활을 했던 약방 기생들은 관기 중에서 최고 대우를 받았다고 한다. 이런 의녀 즉 기녀 수가 고종조에는 80여 명에 이르렀으나, 궁중에 서양 의사가 들어오자 폐지되었다고 한다.

기생의 시가와 작품 성향의 한계

위와 같이 세부적 범주의 기생은 기녀나 비녀·유녀·창기들과 구별되어야 한다. 이는 기생과 유사 부류 간에 존재했던 엄연한 구별을 인정하기 위해서도 필요하지만, 우리 문학사를 위해서 기생들의 시가 작품이 기여한 공로를 인정하는 공정성을 위해서도 필요하다고 본다.

기생은 사대부가의 여성들보다 자유분방할 수 있었던 신분을 활용하여, 진솔한 작품을 남겼다. 또한 그들은 신분의 한계를 넘어서지 못했지만, 엄연한 직업인이었다고도 볼 수 있다. 당시 여성들이 자신과 가족을 부양하는 직업을 가질 수 없었다는 점에서, 기생도 직업이었다고 볼 수 있을 것이다. 왜냐하면 기생 교육으로 예의범절을 비롯한 높은 수준의 교양과 시서화와 가무에서의 기예는 전문적인 지식과 기능을 갖추었다고 볼 수밖에 없기 때문이다. 더욱이 약방 기생으로 불렸던 의녀들의 경우는 의료 활동을 위한 진맥, 침술과 간단한 의료 지식과 기술은 사전 교육이 필요 없는 단순 노동이 아니라 전문적일 수밖에 없었기 때문에 전문 여성 의료인들이었다고 볼 수밖에 없다.

이런 몇 가지 점에서 기생은 여성 문인이었고 여성 의료인이었다. 이로써 자신과 가족의 부양을 책임질 수도 있었으니, 직업인일 수밖에 없었다.

다만 여성 문인 특히, 남긴 시가로써 여성 시인이었다고 할 수 있는 기생들이 남긴 작품에서, 거의 절대다수의 작품들이 남녀 간의 애정과 별리의 정한에 치우쳤다는 점이 유감이라면 유감이라고도 할 수 있다. 가정을 이루어 자녀를 낳고 사는 인간 본연의 생활에서 외돌아앉아, 원하지 않는 남성을 위해 웃음을 팔고 살아야 했던 그들의 애환을 고려하면 백번 이해하고도 남음이 있다.

그러나 그들을 옥죄며 족쇄 채운 신분과 제도에 대한 원망이나 저항, 증오나 절규나 비판, 또는 인간 본연의 인권에 대한 작품이 전무하고, 자연에 대한 상찬의 노래가 한두 편 정도였다는 점에서, 현대적인 여권이나 페미니즘적인 면모가 없었음이 못내 아쉬울 뿐이다. 이런 성향의 작품이 왜 없었겠는가마는, 이를 담아 전해주는 책들이 남성 취향적인 선택권으로 배제, 제거 무시되었는지도 모를 일이다.

전해지는 작품을 남긴 기생으로는 강강월康江月, 계담, 계랑桂浪이라고도 하는 매창梅窓, 계단桂丹, 구지求之, 금춘今春, 금홍錦紅, 다복多福, 매화梅花, 명옥明玉, 문향文香, 부동夫同, 소백주小栢舟, 소춘풍小春風, 송대춘松臺春, 송이, 옥선玉仙, 입리월立里月, 진옥眞玉, 천금千錦, 평안기平安妓, 한우寒雨, 홍랑紅浪, 홍장, 황진이, 회연會淵등이다. 이들에 대한 본격적인 연구와 평가가 학문적인 수준은 물론 다각도로 이루어져 현대적인 평가를 받을 수 있었으면 하고 바랄 뿐이다.

이상을 잃었을 때 비로소 늙는다

심은 대로 거두어들이는 계절이다. '눈물을 흘리며 씨를 뿌린 이는 기쁨으로 그 단을 가져온다'는 성경 구절이 생각난다. 뜨락과 거리에서 낙엽과 열매를 보면, 이 가을에 나는 무엇을 추수하나? 지난 한 해 흘린 땀이 어느 정도였나? 정녕 눈물을 흘릴 정도로 고통스러워도 참아가며, 고달파도, 귀찮아도 참고 부지런했나? 스스로 묻게 되기도 한다. 그래서 날씨조차 우울하고 기분만큼이나 을씨년스럽다. 또한 예수의 유명한 비유인 알곡과 쭉정이도 생각난다. 나는 알곡인가, 풀무불에 던져버릴 쭉정이에 속하는가.

11월엔 모든 추수를 마친다. 그리고는 겨울 혹한을 따뜻한 집 안에서 편히 쉴 수 있다. 그러나 나의 추수는 과연 오는 겨울을 편히 지낼 수 있을 만한 것이었을까? 왠지 게을렀고, 게을러서 추수할 것도 없는 빈손인 것만 같고, 스스로 알곡이라고 자부하기에는 왠지 켕긴다. 시간보다 더 귀한 것이 없는 줄을 잘 알았으면서도 시간을 낭비하였고, 남들에겐 아무리 빠른 시간과 세월이라 해도 내게만은 비켜갈 줄 알았고, 내게만은 기다려줄 줄 기대했을까?

세월은 유수流水같고, 활시위를 떠나 날아가는 화살 같다고 했다. 쏜살같이 빠른 세월이라더니, 요즘엔 쏜살보다 더 빠른 로켓이나 우주선 같다고나 할까? 아무튼 시대가 아무리 달라져도 기다려주지 않는 시간과 세월만은 변하지 않았다. 아득한 옛적 중국의 양粱나라 때도 시간을 아끼고 아끼라 하여, 주흥사周興嗣는 천자문에서 척벽비보요 촌음시경尺璧非寶寸陰是競이라 했으니, 한 자나 되는 구슬이 보배가 아니라, 한 치의 짧은 시간이라도 다투어야 한다 했는가. 서양에서 시간은 돈(Time is Money)이라지만, 돈은 없다가도 벌 수 있지만, 시간은 한번 지나가버리면 다신 되찾을 수 없어, 돈보다 더 소중하지 않은가.

소년이로하고 학난성하니 일촌광음도 불가경이라(少年易老 學難成 一寸光陰 不可輕)

미각지당에 춘초몽하니 계전오엽도 이추성이라(未覺池塘 春草夢 階前梧葉 已秋聲).

(소년은 쉬이 늙고 학문은 이루기 힘드니, 한 치 시간인들 가벼이 여길 수 없어라. 지당에 봄풀 돋는 것도 깨닫지 못했는데, 어느새 계단 앞 오동잎에 가을 소리 들리다니)

그 옛날의 이 시구도 짧은 시간이라도 아껴 쓰라는 경고가 아닌가. 새해 첫날의 결심이 엊그제 같은데 어느새 11월이라니! 11월은 시간이 세월로 느껴지는 달이다. 이전까지는 시간이었으나, 11월부터는 세월로 이름이 바뀐다. 바뀐 이름만큼이나 적막하고 쓸쓸하고, 뭔지 모를 후회와 잘못과 미안함에 움츠러들고 고개가 숙여진다. 봄

날처럼 왠지 모를 희망과 꿈에 부풀지 못하고, 여름 녹음처럼 당당해지지 못한다.

내 젊었던 때 더 부지런할 걸 후회가 깊은 만큼 춥고 고독하지만, 지금부터라도 노력한다면, 그렇다, 20대 노인과 60대 청년이라는 말이 있지 않나. 어떤 젊은이들은 노인세대처럼 힘들고 성패가 불분명한 과업에 도전하는 모험을 싫어하고, 평생을 땀 흘려 고생하여 많은 과업을 이룩한 후에나 있을 만한 편안함을 누리려는 노인 성향을 보인다. 이 망국병 증후가 젊은 세대들에게 번지고 있어 향락산업이 번창하고, 힘들고 고생되는 일은 피하고, 지위에만 눈독 들인다. 체력과 정신력에서 더 이상 기대할 수 없는 노인성 증상이 젊은 세대들에게서 나타나고 있다. 반대로 젊어서 고생한 노인들은 여전히 도전과 모험을 시도하는 청년의 기백을 보인다. 사무엘 울만의 「청춘」이라는 이름의 시를 읽어보자.

> 청춘이란 인생의 한 기간을 말하는 것이 아니라 마음가짐을 말한다.
> 씩씩하고 늠름한 의지력.
> 풍부한 상상력, 불타는 정열을 말한다.
> 청춘이란 인생의 깊은 곳에서 솟아오르는 샘물의 청신함이다.
>
> 청춘이란 겁(怯)내지 않는 용맹과 안이함을 물리치는 모험심을 말한다.
> 때로는 스무 살 젊은이에게보다는 여든 살 난 사람에게 청춘이 있다.
> 나이를 먹었다고 늙는 게 아니다.
> 이상을 잃었을 때 비로소 늙는다.

세월은 피부에 주름살을 더하지만 정열을 잃으면 마음이 주름진다.

고뇌와 공포의 실망은 기력을 잃게 하고 정신을 쓰레기로 만든다.

예순 살이건 열여섯 살이건 사람의 가슴에는 경이로움에 이끌리는 마음,

어린이처럼 미지의 세계에 대한 탐구심, 인생에 대한 흥미와 환희가 있다.

그대에게도 나에게도 마음속에는 보이지 않는 정거장이 있다.

사람들로부터 하느님으로부터 아름다움과 희망과 기쁨과 용기와 힘의

영감을 받고 있는 한 그대는 젊다.

영감이 끊어지고 정신이 냉소(冷笑)의 눈발에 덮이고

비탄의 얼음 속에 빠져 들어갈 때면

스무 살의 나이에도 사람은 늙는다.

머리를 높이 쳐들고 희망의 물결 위에 올라 있는 한

여든 살이 되더라도 청춘으로 지낼 수 있다.

이 시를 몇 번이고 읽고 나서, 내가 20대 노인에 더 가까운지, 80대 청년에 더 가까운지, 하룻밤쯤 잠자지 않고 뜨락을 쓸고 가는 낙엽 소리에 곰곰이 생각해 봐야겠다. 나이란 먹는다고 했으니, 먹어서 없애버리면 젊어질 게 아닌가.

목숨보다 예술을

    고려 때 청자를 만드는 도공이 있었다. 자식이 없었으므로 제자 겸 수양아들 삼아 두 소년을 키우며, 청자 예술을 가르쳤다.

    청자의 온갖 비법을 두 소년에게 전수시키며 명기名器만드는 데 평생을 바쳐 온 이 늙은 도공을 하늘이 도왔음인지, 늘그막에 고운 딸 하나를 낳아 키우게 되었다.

    늙은 도공은 명기를 만드는 정성으로 딸을 키웠다. 딸이 처녀로 자라자, 제자 겸 수양아들로 키워 온 두 청년 중에서 사위를 선택하지 않을 수 없었다. 늙은 도공은 제자이자 수양아들인 두 청년을 불러서 이렇게 말했다.

    "너희들 중에 누구든지 명기를 만드는 자를 사위로 삼겠다"고.

    두 청년은 경쟁하지 않을 수가 없게 되었다. 사랑을 위해서, 그리고 자기 예술을 위해서 있는 정성을 다하여 경쟁에 나섰다. 청자를 빚는 일에서부터 아궁이에 불을 지피는 일에까지 수십 일을 밤낮없이 정성을 다했다.

    두 청년은 온갖 비방秘方을 아는 대로 다 동원했다. 여인의 월경옷을 구하여다가 자기의 가맛불에 태우는 정성을 다하는가 하면, 백일 치성도 드렸고 청자가 구워지는 기간 동안 잠을 자지도 않았고, 음식도 일체 먹지 않았다. 오로지 명기를 위한 기도의 정성뿐이었다.

가맛불을 꺼야 할 날이 가까워지자 경쟁은 극도에 이르렀다. 이제는 사랑을 차지하는 경쟁이 아니라, 명기를 위한 경쟁이었으며, 나아가선 자기 예술에 도전하는 자신의 능력에 대한 시험이기도 했다.

비록 동기는 사윗감으로 뽑히기 위한 경쟁이었다 해도, 이제 와두 청년에게 있어 사랑 따윈 아무것도 아니었다. 보다 중요한 것은 자기 예술이었으며, 오로지 불후의 작품으로서의 명기일 뿐이었다. 명기를 위한 헌신의 자세, 그 정성 외엔 아무것도 없었고, 드디어 두 사람끼리의 경쟁이 아니라 재능과 자기 예술의 혼魂과의 경쟁이 있을 뿐이었다.

마침내, 큰 청년은 공동묘지에 가서 매장한 지 얼마 되지 않은 시신을 파내어서 자신의 가맛불에 던져 넣고, 그 불 앞에 무릎 꿇어 기도하기에 이르렀다. 작은 청년 또한 문득 일어서 아궁이 불 앞에 두 손 모아 합장하더니, 스스로 가맛불에 뛰어들고 말았다. 작은 청년의 가마에서 천하일품의 명기가 나왔음은 말할 필요도 없다.

야담집 『고려편』에 실린 이야기다. 예술가에게 있어서 예술이란 무엇인가를 아마도 그 얘기보다 더 잘 말해 주는 무엇은 없을 것이다.

그렇다. 예술가에게서 예술이란 돈이 아니다. 사랑인가? 사랑도 아니다. 사랑 따윈 아무것도 아닌, 사랑과도 견줄 수 없는, 더 크고, 더 높고, 더 위대하고, 더 황홀한 무엇이다.

그래서 맹목적일 수밖에 없다. 자기 목숨조차 아무것도 아닌, 바로 그것이 예술이다. 명기를 위해 제 몸을 가맛불에 던져서 살라버린 젊은 도공의 예술혼. 그의 혼이여, 나에게 와 씌워지기를…

장의존적 충동적 원인은

문제가 발생하면 그 원인을 자기에게서 찾는 사람과 자기 밖에서 찾는 이들이 있다. 사소한 개인문제에서나 사회의 심각한 문제에서도 이런 현상은 뚜렷하고도 즉각적으로 나타난다.

세종대왕 등 소위 성군 급 군왕들은 가뭄 같은 천재지변의 원인도 자신의 부덕한 탓으로 돌려, 궁중생활의 절약과 간소화 등 자기성찰과 속죄의 겸양을 보였다. 군왕의 이런 태도는 조정대신은 물론 만백성으로 이어져 화합의 힘을 생산하여 극복으로 집결시키곤 했다.

이렇게 인간이 문제에 대처하는 방법에는 크게 두 가지 성향이 나타난다. 인간발달 이론에서는, 어떤 문제해결에서 그 원인을 자신의 내적 단서(inner cues)에 의존하는 장독립적(field-independent) 성향과, 반대로 문제의 원인을 자기 아닌 외적 요인으로 판단하고 행동하는 장의존적(field-dependent) 성향으로 설명한다.

어려서는 장의존적이다가 성장하면서 장독립적으로 발달적 변화를 보이며, 대체로 남자아동은 5~6세경에, 여자아동은 4~5세경에 장독립성이 증가한다. 성장 후에는 대체로 남성보다는 여성이 장의존적 성향이 높은데, 이는 여성이 부모나 남성에게 의존적으로 키워온 오랜 문화에서 원인을 찾기도 한다. 잘못이나 실수를 항상 남의 탓으로만 돌리는 아이 같은 어른들이 곧 장의존적이라고 할 수 있다.

또한 개인이 어떤 문제에 대처하는 방법을 탐색할 때, 사건 관련 정보자료를 근거로 하지 않고, 문제가 제시되는 즉시 반응하여 해결하려는 충동적(impulsive)인 사람이 있는가 하면, 반대로 대처할 문제에 대한 반응이나 해결책을 찾기 전에, 해결의 탐색과정에서 관련 정보나 자료를 근거로 가능한 여러 방안을 탐색 궁리하여 대처하는 사려성(reflexiveness)이 높은 사람도 있다. 아동의 경우 충동적 아동은 계열학습, 귀납, 추리, 변별학습 등에서 사려적인 아동보다 낮은 점수를 보인다고 한다. 주로 3~6세에 충동적에서 사려적으로 변화를 보이며, 부모나 교사의 적절한 양육으로서 훈련과정이 필요하다고 한다.

인간발달이론은 이런 인지양식認知樣式을 아동기 특성으로 설명하지만, 아동기에 가정이나 학교 등에서 적절한 교육적 훈련과정을 거치지 못하면 어른이 되어서도 장의존적이고 충동적인 성향은 고착되고 강화되어 나타난다.

증가추세인 이혼의 주원인이 성격 차이로 알려지는데, 서로의 탓으로 돌리는 장의존적인 아동기 성향이 성인기에도 장독립적으로 변화되지 못한 탓은 아닐까? 이런 아동기적 성향의 고착상태는 긴 독재기를 거치면서, 개인적인 문제까지도 모두 정치독재의 탓으로 돌림으로써 자기의 무능이나 노력 부족이라는 고통스런 책임을 회

피할 수 있었고, 사회 성인으로서도 우위적 면책특권을 누릴 수 있어 왔기 때문으로 해석되기도 한다.

통치자의 통치성과 부진을 지지언론이 없는 탓으로, 경제부진은 강남권 부동산 과열 탓으로, 입시문제 등 교육 전반 문제나 학생들의 학력부진은 일부 학부모들의 몰지각한 과외열풍인 치맛바람 탓으로, 인구감소 저출산의 원인도 가임기 여성들의 만혼 탓으로… 결국 통치자 및 관련 지도자들은 아무 잘못이 없게 된다.

그런 장의존적 태도와 국민 훈계성 발언조차도 사려적이기는커녕 즉각 즉흥적이고 충동적인 졸속대안이었다. '잘되면 제 탓 못되면 조상 탓'이란 옛말은 있어 왔지만, 오랫동안 우리 의식이 자기의 모든 현재의 잘못과 불행조차도 과거 성장기의 부모나 환경 탓으로, 시대와 지도자 탓으로만 돌려온 결과는 아닐까? 어쩌면 아동기에 발달이 정지되고 만 것만 같다.

더욱 다채로워져라, 우리 시대의 현대시

얼마 전 일본 시인을 만난 자리에서 일본에도 시인이 많으냐고 물었더니 무척 많다고 했다. 그러나 한국만큼 많지는 않다고 은연중에 한국통임을 알려주었다. 물론 하이쿠 인구는 수백만을 넘지만, 현대시를 쓰는 시인들은 한국보다는 적다고 덧붙였다.

우리 시단의 시인 수가 이제는 시인 인구가 되었다. 어떤 이들은 2만 명도 넘는 시인들로 추산하고 더 많다는 이들도 있다. 우스갯소리로 강남에 돌을 던지면 수필가 아니면 시인이 맞는다고도 하고, 한 집 건너 수필가와 두 집 건너 시인이 산다고도 한다. 다다익선多多益善이란 말은 좋기만 한 것일까 하다가도, 바람직하지 않게만 볼 이유 또한 없다고도 생각하고 싶다. 시인 인구가 곧 시 독자 인구이기도 하니까, 시집도 팔리고 시 잡지도 운영되고 이러는 과정에서 우리 시도 발전될 게 아니냐고. 물론 사람은 콩나물이 아니지만, 콩나물은 물을 흘려보내지만 결국은 그 물로 자라듯이, 시문학도 그렇게 되기를 바라면서.

시를 짓는 과거시험으로 관리를 뽑았던 오랜 역사 문화적 배경도 있었기 때문이지만, 자본주의 사회라는 현대사회에서도 시의 무슨 매력이 이런 지경에 이르게 했는지는 모르나, 아마도 나같이 맹목적일 것이다. 맹목적이란 것 또한 너무 계산적인 이 시대에 숨통 틔워 주지 않는가.

해마다 신문 잡지에서 수백 명의 시인들이 쏟아지는 나라. 시인이라는 자부심과 긍지만으로도 행복해지는 사람들이 너무 너무 많은 나라, 원고료를 안 주어도 불평하긴커녕, 자기작품을 실어주는 것만으로도 고마워 어쩔 줄 몰라 하는 시인들이 사는 나라. 우리나라 좋은 나라, 시인들의 나라, 온 국민 가수화를 넘어, 온 국민 시인화가 머지않은 나라. 개탄할 사람은 개탄하고 낙관할 사람은 낙관해도 상관없지.

40여 년 전 나는 교사 생활 3년간 월급을 저축해서 500부 한정의 첫 시집을 자비 출판했는데, 이제는 시인들과 시 잡지와 출판사도 많아서 첫 시집도 서로 출판해주려 하지 않는가.

따라서 다채로운 실험시가 출현되고 있고, 퇴직 후에 오히려 열정적 시 쓰기를 보여주는 시인도 많으니 또한 좋지 않는가. '불편동인'이라는 멋진 이름도 등장하고, 반어적 반의적인 기상천외의 기발한 발상과도 마주치니, 소월 이래 우리 현대시가 이처럼 다채롭던 적이 있었던가?

새해에는 더욱 다채롭고 놀라운 발상의 작품들과 마주치기를. 세상은 하루가 다르게 곤두박질치는데, 시라고 그러면 안 된다는 논리도 없지. 시대가 변하면 따라서 모든 게 변하게 마련이고, 그래야 발전이든 진화이든 이루어질 테니까. 그럼에도 한편으로는 입안에서

굴러다니는 눈깔사탕처럼, 가슴속에서 계속 메아리치는 작품들이 많았으면 바란다. 읽자마자 잊히는 작품이 아니라, 어떤 작품도 그 자리를 대신해줄 수 없는 절편을 자주 많이 만나고 싶다.

우리 현대시의 놀라운 르네상스도 기대해 마지않으면서. 그래서 시문학이 현대문화예술사를 리드해주기를. 그 해가 바로 2008년 신년이기를!

사랑, 다시 희망으로 달려갈 힘을 키우자

을유년 새해 아침이 밝아온다. 어둠을 깨치며 새해 새날의 밝음을 불러오는 첫닭 우는 소리와는 거리가 먼 도시에 살지만, 상서로운 붉은 벼슬 높이 인 닭 울음이 귓속을 후벼 씻어낸 듯 착각된다. 새벽 미명 속에 일어앉아 베개에 이마를 묻고, 공짜로 얻은 새해 365일에 감사하며, 하늘과 자신에게 바로 살도록 부탁도 다짐도 하고 싶다. 일 년이란 길고 긴 시간을 얻어, 내 뜻대로 살아가는 데 내가 무슨 공헌을 했다고? 과분하고 감사할 따름이다. 그래서 새해의 하루하루, 시간 시간을 의미 있고 가치 있게 살아야겠다는 다짐도 필요하다.

새해가 성탄절 엿새 후에 오는 이 순서가 늘 좋다. 어둡고 추운 겨울철에 기쁜 성탄절과 희망의 새해가 차례로 오는 것이 좋다. 따뜻한 사랑이 가장 필요한 겨울철, 가장 낮고 비천한 이들의 친구로 온 신의 아들은, 냉혹하고 몰인정한 세상을 '이웃을 내 몸같이,' '원수를 사랑하는' 사랑 세상으로 바꾸려고 고독하게 외치다가, 사랑하는 제자의 배신과, 피와 살을 같이 나눈 동족의 무고로 십자가 참형을 당했다. 바로 그의 탄일의 성찰과 감동이 새해맞이 마음자세로

이어질 수 있어 좋다. 새해의 일 년 세월을 노력한 바 없이 맞이하는 고마움으로, 이 한 해를 제대로 살아야겠다는 각오나 다짐도 있어야겠다.

예수의 그 시대 그 사회처럼 지금 우리 사회의 대립과 분열은 혹시 동족이기 탓은 아닐까? '지는 것이 이기는 것'이라는 형제 갈등의 해결책이나, '이웃사촌'으로 상부상조하던 전통윤리가, 더 이상 우리 삶의 윤리가 못 되는 이 시대는, 가족, 친족, 동족이란 이름으로 더욱 갈등하고 대립되고 쪼개진 건 아닐까? 구멍 패인 고목을 보면, 옛 어른들은 '고목아! 너도 머슴 두었냐?'라고 하소연했단다.

머슴을 부리자면 주인의 가슴에 크고 깊은 구멍이 무수히 파이도록 썩어야 한다는 뜻이었단다. 우리 시대의 어느 어른도 이렇게 속 썩으려 들지 않는다. 오히려 머슴에게 구멍이 파이도록 속 썩으라고 겁주며 부라리며 으름장만 놓았다. 제발 새해부턴 보수진보, 좌우, 남북, 남남, 빈부, 중앙지방, 성차, 세대차… 등 편 갈라 붙인 불쾌한 이름들을 지워버리자. 서로의 차이를 강점으로 보자. ~사모, ~사모 등의 좋은 이름조차 본뜻에서 왜곡되어 왠지 거부감부터 느끼게 하지 않는가.

나와 꼭 같은 누구도 없다. 다르기 때문에 7천만, 4천만, 아니 60억 인류가 공존할 필요가 있다. 나와 다른 생각을 능멸하거나 적대시하지 않고, 오히려 존중하는 것이 민주적 사고와 태도가 아닌가. 너의 생각이 나와 다른 바로 그 점이 곧 나의 존재가치가 되어주는데. 모두 나와 같다면 가장 잘난, 가장 유능한, 나보다 나은 한사람이면 충분한 세상일 테니까. 나야말로 불필요한 존재가 되어버릴 텐데. 다름을 용납 못하는 사회는 그토록 혐오하던 독재사회요, 그 종말은 망한다는 것을 역사가 증명해주지 않던가. 그래서 기억력을 키워주는 역사를 거울삼아 부끄러운 역사가 반복되지 않게 살아야 하는 것. 그래서 역사야말로 모든 이의 교양필수 과목이 아닌가.

6·25 직후 <과거를 묻지 마세요>라는 유행가가 있었다. 과거를 묻자면 봉합될 수 없는 상처뿐인 개인과 가정과 사회였으니까. 지금도 그런 유행가가 필요한 때는 아닐까? 가족, 친족, 동족이란 이름은 따뜻한 이름이니, 편 갈라 대립하고 갈등할 이유가 될 순 없다. 북한을 껴안는다고 반세기 친구에 등 돌릴 필요 없고, 살아온 나이가 투표권 박탈 사유는 아니다. '침 뱉고 간 우물물 다시 먹게 된다' 했다. 제 발목 잡힐 말 함부로 뱉지 말자. 내가 낳아 키운 자식들도 늘 내편은 아니다. 재산을 두고 자식들과 갈등하던 끝에, 자식들과 의논 없이 기부해버리는 재산가들도 적지 않고, 타인보다 못한 가족들 관계도 적지 않다. 그래서 자식도 딸 하나면 충분하다는 이들이 많아지고, 고생하여 낳고 키울 필요 없다는 무자녀 가정도 늘어간다. 진정 두려운 것은 이런 갈등 아닌가.

지금처럼 사랑이 필요한 때도 없으리라. 사랑에는 고생이 수반되고 고통스런 참아냄도 필요하다. 어른들이 희생과 헌신의 고통 없이 자녀를 낳아 키울 수 없었듯이, 나라와 사회의 어른들도 양보와 희생의 고통 없이는 국민을 먹이고 성숙하게 키울 도리가 없다. 부모마다 자식들이 원하는 자격자일 순 없듯이, 국민들도 지도자들의 서툰 것을 참아주고 이해하며 사랑하는 길밖엔 다른 도리가 없다. 이해하고 양보하고 희생하는 중에, 사랑은 싹트고 희망도 보이고, 잘할 수 있다는 자신감도 커가게 마련. 가장 위대한 용기는 자기 잘못을 인정할 수 있는 것. 상하 모두 고해하듯, 잘못을 인정하는 용기로 희망의 새해를 열어가기로 하자.

교만한 의인보다는 겸손한 죄인들이 더 기여하는 바가 크다. 의인을 자처하는 유대 지도자들은 자기만 옳다는 교만으로 신의 아들을 처형했다.

새해에는 상하 모두가 겸손한 죄인임을 자인하자. 잘못된 이 시대는 이 시대를 살고 있는 우리 모두의 책임이며, 지도층의 잘못에는 그들을 잘못 뽑은 우리 책임도 크다는 점에서 겸손해야 할 죄인들일 수 있다.

철학자 에른스트 블로흐는 『희망의 원리』에서 희망은 긍정에서 싹터, 용기와 자신감으로 성장한다고 했다. 사랑하면 결점도 좋아지고, 좋아지면 긍정적 장점이 되고, 제대로 고쳐 갈 용기와 자신감도 키워지는 법. 새해에는 서로 사랑하여 분규도 줄이고, 희망으로 달려가는 힘을 더해주자. 누구나 혼신 바쳐 사랑할 일감을 갖도록 최우선 노력하자. 일을 사랑하며 자기능력을 발전시키고, 자신감과 용기를 얻어 가정을 이룩하는 등, 건강한 심신의 행복을 보장받기를 바란다. 그것이 최고 최선의 행복이며, 이를 보장해주는 직장을 주는 지도자가 가장 유능한 지도자이다. 일할 직장과 사랑할 가족이 함께 살 가정을 보장받는 것 이상의 행복이 있기나 한가.

강물이 작고 하찮은 샘터에서 흘러나와 더 낮은 데로 흘러가느라, 스스로 제 길을 만들며 때로는 뛰어내리기도 하고, 때로는 넓게 퍼지고 깊어지기도 하고, 휘돌고 에둘러서 지루하게 가기도 하지만,

결국에는 바다로 가게 되듯이, 일자리를 얻고 가정을 이룩하는 희망
도, 보다 나은 사회를 만들어 가는 희망으로, 작고 하찮은 서로의
사랑에서 시작할 순 없을까? 무책임한 애길 수도 있지만, 자신과 타
인을 사랑하는 사랑의 힘으로, 지난해보다 나은 새해로 살려 애쓴다
면, 가진 일은 더욱 좋은 일이 될 수 있고, 자신도 몰랐던 능력도
개발되어, 기발한 새 일도 갖게 되지 않을까? 그래 잘 될 수 있어!
나라도 개인도 다 잘 되고 말고!

4부 아낌없는 사랑

포장마차와 과일 가게

하루 중 가장 쓸쓸한 때는 퇴근 시간이리라. 그날 일을 끝낸 마음과 몸은 피곤으로 지쳐 있고, 그래서 왠지 모르게 조금은 짜증스럽고 허전하고 외로워진다. 더구나 그날의 일이 만족스럽지 못했을 때 이 피곤은 더욱 심해지리라.

아마도 이런 기분일 때 남성들은 포장마차를 기웃거리고, 딱딱한 나무의자에 지친 몸을 앉혀서, 한 잔의 막소주로 푸념을 시작하며, 쓸쓸하고 의미 없는 하루의 긴장을 풀고 달래리라.

비록 곁에 앉은 사람들이 낯설다 해도, 나이가 동떨어지게 많거나 적더라도 개의치 않으리라. 그보다는 오히려, 고달픈 인생을 힘겹게 살고 있다는 소시민의 동질감 때문에 이상하도록 쉽게 친근해지리라. 그래서 통성명을 하지 않은 사이라도, 악의 없이 자기네 직장 상사를 동네북 치듯 두들기고, 까만 눈을 반짝이며 기다릴 처자식을 흉봐도 부끄럽지 않게 된다. 그리고 난 다음날 아침은 미안스러움 때문에 상사에게 더 잘하고 싶어진다.

이렇게 적당히 하루의 피곤과 우울을 풀고 나면, 새삼 초라하고 무력한 지아비와 아빠를 하늘처럼 믿고 기다리는 처자식에게 미안스러워져서, 동네 앞 과일 가게에서 과일 한 봉지를 사들고 걸음을 재촉한다.

집집마다 따스한 불빛이 새어 나오고, 그 둥우리로 손발이 시린 도시의 가족들이 날짐승처럼 모여 깃들인다. 새삼 집이 있다는 사실, 가정을 가졌다는 사실이 고마워질 것이다.

이 시간이야말로 우리 삶이 비록 초라하나 눈물겨운 아름다움을 지닌 것임을 실감하게 되는 때다.

남성 아닌 나는 이 고독한 퇴근길에 포장마차 대신 즐겨 과일 가게를 기웃거린다. 농부와 그 아낙이 한 그루의 초목과 호흡을 함께 하며 성실히 때맞추어 살아온 생의 한 토막을 증명해 보여주는 잘 익은 과일들을 보노라면, 마냥 흐뭇하고 마음이 너그러워진다.

바로 조금 전의 버스기사의 구박도 잊게 되고, 버스로 살아가는 삼등 인생의 서글픔도 위로받는다.

요즘엔 감자, 사과, 배, 밤, 귤 등 가을 과일들이 풍성하게 쌓여 있다. 제각기 그 어여쁨과 다디단 살집의 자태를 자랑하며, 얼굴이 검은 과일 가게 주인과 어울려 흐뭇한 풍경을 이룬다.

무엇을 살까 망설이며 만져보고, 흥정하느라 가게 주인과 몇 마디를 주고받는다. 값을 깎기 위해서라기보다는, 한두 개 더 먹기 위해서라기보다는, 주고받는 서민들의 인정스러움을 확인하고 싶어서이다. 그래서 기분이 좋아진다.

더구나 과일 가게 주인이 사투리를 쓰는 시골사람이라면, 때로 내 고향 사투리를 쓰는 말씨일 때는, 순간이나마 고향의 맛을 즐기는 듯 착각에 빠진다. 그리고 쓸데없이 몇 마디를 더 주고받다가,

아이들이 좋아하는 단감 한 봉지를 안고 걸음을 재촉한다.

나는 괜히 기분이 좋아진다. 어릴 때 우리 집 뒤 빈터에서 잎이 다 진 가지에 주렁주렁 달린 감을 까치가 파먹던 일, 파먹다가 떨어뜨려 주기를 기다리며, 감나무 밑에 앉아 마냥 기다리던 일도 생각난다. 노루귀 같은 감나무 붉은 잎새로 소꿉장난을 하던 친구들도 생각난다.

아마도 나처럼 고된 삶을 저마다 열심히 살겠지. 얼마 전 김대건 신부 묘소를 찾아가, 미리내 마을에서 본 푸른 하늘과 그 하늘 빈 공중에 열린 감나무도 생각난다.

그리고는 현관까지 쫓아 나와 과일 봉지를 받아 안으며, 함박웃음을 웃을 아이들을 생각한다. 온종일 엄마 없이 보내는 어린 것들이 측은해진다. 늘 부족한 모성으로서의 죄책감에 콧날이 찡하다. 그래서 더욱 성실히 일할 것을 다짐하게 된다.

생활은 얼마나 흐뭇한 것인가. 더구나 번쩍번쩍 빛나도록 잘 살지 못하고, 약간 부족한 것을 마음으로 채우며, 조금은 초라하게 빠듯하게 살아가는 소시민의 맛이 얼마나 복된 것이랴.

늦가을 밤공기가 조금도 춥지 않다. 아는 얼굴들에게 전보다 더 다정하게 웃어주는 기분 좋은 퇴근길.

시와 스포츠

야구 글러브를 사달라는 꼬마에게 어린이날 선물로 동시집 한 권을 사다 주며 외라고 했다. 다 외면 다시 책 한 권씩 계속 사주기로 약속하고서, 한 달이 지난 후 다 외웠는가를 물었더니, 한 편도 외지 않았을 뿐 아니라, 이사하는 북새통에 책조차 찾아내지 못했다.

나무라는 내게 꼬마는 항의했다. 제 친구들은 어린이날 선물로 야구 도구를 받거나 어린이 야구 회원으로 가입시켜 주는데, 저만 조그만 책 한 권을 받았을 뿐이며, 게다가 놀지 못하고 외워야 한다고.

출근길에 기업체 전용 체육관 건물은 군데군데 눈에 띄어도, 기업체가 지은 도서관 건물은 볼 수 없다. 퇴근길엔 골목이나 아파트 마당에서 꼬마들이 야구나 축구를 하는 것을 본다. 휴일엔 TV의 모든 채널이 경쟁이나 하듯 스포츠 프로 시청을 강요한다. 꼬마 친구들은 부모와 함께 경기장에 다녀왔다고 자랑을 한다.

그때마다 내겐 이런 생각이 든다. 도대체 이 아이들이 이처럼 발로 차고 주먹으로 치고 방망이를 휘두르는 것 아니면, 소리 지르고 흔드는 것이나 보고 자라니, 앞으로 어떤 시대가 올 것인가 하고.

나의 이런 생각은 잘못된 것일까. 부모들은 아이들에게 몇천 원짜리 동시집 한 권을 사주기보다, 그 몇 곱절의 입장료와 교통비가 드는 경기장엔 데리고 간다.

꼬마들은 어른의 경기인 스포츠에 대한 외래 용어는 잘도 알지만, 동시 한 편을 제 감정으로 외우지 못한다. 그런데도 운동선수, 가수, 코미디언, 탤런트의 이름은 잘도 왼다.

부모는 아이들과 나란히 앉아 스포츠 중계를 보면서도, 경기 시청에 몰두한 나머지, 거친 말과 흥분된 행동을 순간적으로 보이게 된다.

그래서일까. 우리 사회는 날로 거칠고 상스러워져 가는 듯하다. 좋은 표현조차도 거칠고 강하게 해야 실감이 나고, 회의나 세미나에서도 목청 높은 사람의 의견이 좋은 것으로 착각되는 것 같다. 마치 지성이 야성화되어가는 것이 아닐까 염려된다.

여성이라 그런지는 모르나, 스포츠가 사람을 세련되게 하기보다는 오히려 격화시키는 것같이 못마땅할 때가 많다.

만약 우리 시대가 운율과 은유와 상징의 멋과 맛을 갖춘 시를 외며 애호한다면, 사무실이나 복도에 선동적이고 자극적인 구호 대신에 한 구절의 시구가 붙여진다면, 손과 발을 휘두르고 아우성치는 지나친 스포츠 중계 쇼 대신에, 아버지와 아들이 함께 걸으며 옛 시 한 수를 주고받는다면, 우리의 생활은 여유를 찾을 수 있고, 우리말을 멋지게 사용하며, 격정도 여과시켜 체면과 품위를 건지는 표현을 할 수 있을 텐데.

옛날에는 시를 애호해야 지성인이었고 일반인들조차도 평소의 대화에서 시구와 성현의 명언을 인용할 줄 알았다. 따라서 인용하는 중에 자신을 살펴 성장할 수 있기 때문에 어른다운 품위를 지킬 수가 있었다.

시를 읽고 외는 것은 깊고 폭넓은 정서 훈련은 물론 탄력 있는 감성훈련이 된다. 시의 표현 모두가 아름답진 않다 해도 직선적·자극적·직접적인 것은 아니다. 따라서 우회적이고 비유적이고 상징적이므로 할 소리를 다 하면서 듣는 이를 자극시키지 않아서 좋다.

이런 장점 때문에 서구의 아동 교육에는 아직도 고전시를 암송시킨다. 시를 암송하면 리듬과 암기 능력이 다른 내용에도 전이轉移된다는 능력 심리학에 근거하기 때문이다.

시의 암송은 정서만이 아니라 세련된 화술과 문장력에도 공헌한다고 믿고 있다. 시를 가르치는 것이 인간의 동물적 무지와 본능적 충동에서 해방시켜 자유인이 되게 한다는 교육화의 전통이기도 하다.

만약 어려서부터 상상력을 키우고, 읽기 좋고 듣기 좋고 보다 쉽게 외울 수 있는 간결하게 집약된 표현과 의미를 갖춘 시를 읽고 외우도록 강조했더라면, 우리는 오늘처럼 서툰 외국어를 수시로 사용하면서 유식한 척 허세를 부리지 않고, 우리말의 리듬을 체질화하고 감성을 훈련하여, 우리말을 멋있게 사용할 줄 아는 국적 있는 교육이 절로 이루어졌으리라. 정서는 순화되고 감성 또한 세련되어 국가적 응집력까지 강화되었으리라.

우리는 영어 문장을 외우면, 영어로 말하고 영어로 쓰는 데 큰 도움을 얻는다는 것은 잘 알면서도, 시를 외워 세련된 대화력과 문장력을 키우는 일에는 얼마나 소홀히 하여 살아 왔는가.

이런 생각 때문에, 내 딴에는 꼬마에게 동시를 외우게 했던 것이,

주변의 분위기가 스포츠 붐이라 그런지 제대로 이루어지지 못하는 것 같다.

스포츠는 우리의 잠든 야성을 건전하게 승화시켜 표현하는 방법이긴 하다. 반면에 흥분된 감정을 거칠게 표출시키는 방법이기도 하다.

시에 비한다면 현대 도시인들이 각종 스포츠를 보고 즐기며 카타르시스의 효과를 믿는 것도 사실이나, 아이 어른 할 것 없이 온통 스포츠에 빠지도록 대중 매체까지 부채질하는 것도 곤란하지 않을까.

이런 면을 보완시키기 위해서, 비유와 은유의 시로 여유 있는 정서, 깊고 넓고 그윽한 정서로 감성을 훈련하는 것도 겸비되어야 할 것이다.

참으로 위기와 곤란에서 인간을 구하는 것은 순간적인 격정이 아니라, 탄력 있는 감상일 것이다. 냉철한 이성만의 사회는 비인간적이기 쉬우나, 탄력 있는 감성, 훈련된 감성과 조화 있는 사회야말로 인간적인 분위기 사회일 것이다.

우리 아이들에게 동시를 가르치자. 동시를 외우는 것을 즐기게 하며 정서적 영양분을 공급시켜 주자. 우리들 세대보다 우리 아이들은 좀 고상하고 품위 있는 세대가 되어야 하지 않을까.

야구 글러브를 사다 줄 때 동시집 한 권도 함께 사다 주자. 기업가도 시와 스포츠를 함께 즐기면서 체육관을 지을 때 도서관도 함께 지어 주었으면 하는 생각을 해 본다.

새해 아침의 작은 꿈

하늘과 대지가 새롭다. 어제보다 신선한 공기, 신선한 바람, 햇빛은 더욱 맑고 은혜롭다.

새해 아침에는 탈바꿈을 하자. 어제의 근심과 불안을 벗어나서 어제의 우유부단과 소심증을 벗어나서, 어제까지도 그렇듯 스스로를 괴롭히던 알 수 없는 불만과 증오를 벗어나자.

비록 어제와 조금도 다름없는 오늘일지라도, 문득 새롭게 보아낼 줄 아는 슬기로운 눈을 갖기로.

새해 첫날에 정한 뜻은 반드시 이루어진다는 옛 속신俗信이 우리에겐 있다. 이 속신에서 우리는 적지 않은 힘을 얻고 위로를 받는다.

그래서 새해 아침의 첫 인사도 '올해도 뜻을 이루게.' '소원 성취하게.'라는 축수를 주고받는다. 좀 더 가까운 사이라면 '올해는 꼭 승진하게.' '건강을 회복하게' 등 구체적으로 축원한다.

새해 새아침 많은 것을 욕심 부리지 말고 한두 가지 작은 뜻을 정하자. 크고 원대한 포부. 일생을 두고 이룩해야 할 꿈을 정할 수도 있겠으나, 이 원대한 소원에 가까이 이르기 위해, 한두 가지 작은 꿈을 정하는 것이 오히려 현실적이리라.

사람을 사랑하고, 될수록 사랑의 눈으로 세상을 보며, 베푸는 일에 인색하지 않기로, 그래서 나의 평화와 사랑이 가족들과 이웃을 밝히는 작은 불빛이 되기를. 새해에는 가정마다 한 분의 신을 모셔 들여도 좋으리라. 생활의 피곤과 좌절의 먼지를, 다친 상처를 다독거림 받기 위해, 증오와 울분을 미소와 사랑으로 요리하기 위해, 사치와 호사를 탐하지 않고, 정직의 땀에 젖은 옷을 입고, 눈물 적셔 먹는 빵의 참맛을 아는 가족들이 날개 접고 모여 감사로 머리 숙이기 위해.

새해에는 한 편의 좋은 글을 쓰기로, 쓰는 이와 읽는 이의 가슴에 시원한 물결이 출렁거리게 할 한 줄의 글을, 모든 감각의 안테나를 그것에 모으고 혼신의 노력을 다해 보기로.

금년에는 금년에는… 성실하게 땀 흘리고 웃으려는 이들과 함께 계신 신이여. 지난해도 열심히 정직하게 살아왔지만, 새해에는 더욱 그러하게 하소서. 야망과 탐욕을 구별하며 탐욕이 아닌 정직한 소망을 위해 새해에도 더 많은 땀을 흘리기로 마음먹은 이들을 기억하소서.

새해 아침을 조용한 지붕 아래서 조촐한 음식상을 마주하고 모여 앉아 각자의 소망을 간추려 밝히면서, 서로 애정을 확인하고 공동의 목표를 향해 기쁜 땀을 흘리기로 한 가정마다 골목마다 밝은 태양은 항상 머물라.

자신을 용서하고, 망각함에 인색하고 자기 허물에 준열한 이들에게 신의 용서가 봄바람처럼 감돌기를, 혈연과 사랑이 올무나 멍에가 되지 않도록 올바른 방법으로 사랑을 베풀고 인연을 다듬어 키우는 마음마다 하늘의 위로와 격려가 머물기를.

게으름과 증오와 조급함과 불안 등 수많은 자기 내부의 유혹과 적을 상대로 싸우는 이들에게 신능의 힘을 가진 모세의 지팡이를 쥐어 주시기를.

스스로 못났다, 무능하다, 초라하다 느껴질 때 제 스스로 힘을 얻고 새롭게 탈바꿈할 수 있는 어떤 용기와 슬기도 주소서. 해마다 세상을 새롭게 하시는 이여, 새해 아침, 하늘로 마음 연 모든 영혼에게 고개 끄덕여 약속해 주소서.

도깨비가 보이도록 눈 맑은 마음으로

요즘 같은 여름밤에는 도깨비를 만났다는 얘기를 심심찮게 들어야 제격인 것 같다. 잔인무도한 공포영화가 아니라, 우리 살아 있는 자들 곁에 같이 살면서도, 눈 맑은 사람들에게만 눈에 띄는 옛날 도깨비들과 만나기도 하여, 그들의 눈에 비치는 내 사는 삶을 평가도 받고 싶다.

아이 적에는 도깨비 애기가 흔했다. 하도 가난하여 이웃집 울타리에 널린 빨래를 몰래 걷어오다가, 만난 도깨비한테 혼쭐나서 도로 그곳에 널어두고 왔는데, 도중에 나타난 도깨비들이 제 옷을 벗어주었다는 둥, 심보가 사나운 사람에겐 강가에선 가시밭이니 옷을 내리고 걸어가라고 하고, 가시밭에서는 강물이니 옷을 걷어 올려 맨다리로 가라고 했다는 둥, 도깨비한테 밤새도록 홀려 다녔는데, 아침에 깨어보니 곳집(죽은 사람 메고 가는 상여를 넣어두는 집) 앞이었다는 등의, 수많은 도깨비 경험담을 즐겨 들었는데—

그래서들 길 가다가 날이 저물어 자고 갈 데가 없으면, 제일 먼저 무덤을 찾아가서 무덤을 베고 자라는 가르침도 있었다. 무덤 주인인 귀신은 제 집을 찾아온 손님은 절대로 해치지 않을뿐더러, 주인으로서 예우까지 깍듯이 차리는 덕을 본다고도 했다. 다음이 도깨비가 잘 드나든다는 곳집이나 빈집 등이었는데, 그런 데를 찾아들 때에도 예의염치를 차려야 점잖은 대접을 받는다고 했다. 예컨대, 여보시게! 하룻밤 유하고 갈 수가 없을까? 노숙할 수는 없잖은가. 주인장! 계시오? 등으로 먼저 주인을 불러서, 손님답게 정중하게 사유를 얘기하여 양해를 구해야 하는데, 그렇지 않으면 무뢰한으로 무례하게 당한다고들 했다. 또한 평소 맘씨가 안 좋은 나쁜 짓한 사람은 그런 때에 대신 봉변을 당하기도 한다고 했다. 성탄절 이브의 스크루지 얘기처럼 도깨비 얘기는 단순한 재미 이상의 자기 성찰과, 사람답게 사는 삶에 대한 소중한 무엇을 가르쳐주곤 했었는데—

요즘엔 왜 사람들이 도깨비 얘기를 안 할까를 생각해보았다. 무엇보다도 먼저 마음의 눈이 맑은 사람에게만 도깨비라는 혼령 즉 세상 아닌 어딘가에 살고 있는 존재가 보이는 법인데, 우리 마음의 눈이 맑기는커녕, 너무 어둡고 혼탁해서 그런 존재가 찾아올 정갈한 자리를 허용하지 않은 탓이 아닐까?

중고등학생 적엔 시험공부를 할 때는 가끔은 꿈속에서 시험문제를 보기도 했다. 비슷한 문제가 실제로 나오기도 했을 정도로, 시험 공부 하나 외엔 다른 어떤 생각도 끼어들지 못할 만큼 생각이 단순했다. 물론 세상은 너무나 단순하고 작았고, 시험 잘 보는 것 외엔 아무 욕심도 없었다. 그래서 그런 꿈을 꾸게 되었으리라.

우리는 땅 위에 살고 있지만, 하늘과 지하도 이용하면서 살아야 한다. 햇빛과 달빛, 별이 그러하고 공기와 구름과 눈비와 이슬이 하늘의 것이 아닌가. 또한 땅 속의 뿌리식물을 먹고 사는 등 땅 속의 세계는 물리적으로나 심리적으로, 천상과 지상, 지하의 3계界에 걸쳐 산다. 그래서 때로는 지하 세계도 천상 세계와 함께 넘나들어야 지상의 삶이 제대로 되지 않을까? 옛사람들은 이런 3계를 넘나들 수 있었으니, 지금 우리보다 맑게 욕심 적게 살았던 덕분이 아니었을까? 그래서 옥황상제나 산신령도 만났고 지하 세계의 도깨비도 만나가며 살았으리라.

기도를 많이 하고 믿음이 좋으면 하느님이나 그분의 천사를 혹 만날 수 있으리라던 꿈을 접고, 지하 세계의 도깨비쯤은 만나면서, 자신을 점검하고 점고하며 살아야겠다는 생각이 어제오늘이 아니었지만, 아직껏 한 번도 도깨비를 만난 적이 없다. 곰곰 생각해보니 너무 탁하게 살아온 것이다. 도깨비를 만나볼 수 있을 정도로 맑고 단순하게 살아보고 싶다. 그래서 딴은 모든 것을 단순화시켜가며, 최소한으로 하려고 노력은 하지만 쉽지 않다. 그러느라, 저절로 도깨비 생각을 자주 하게 된다. 무슨 꿈인지 밤새워 꿈을 꾸었는데, 눈뜨는 순간에 다 잊어버릴 정도로 너무 복잡해졌다 싶어, 자신을 바꾸는 방식으로 묵상을 비롯한 생활의 단순화를 꾀해보았다.

노자는 평생에 5천여 자뿐인 『도덕경』 한 권을 썼을 뿐인데도, 천하의 진언만을 담았기에 오늘까지 전 세계적으로 연구 애독되고 있지 않은가. 생각이 익기도 전에 잡소리를 너무 많이, 청탁 길이에 맞추느라 늘이기도 줄이기도 해가면서 너무 썼으나, 내 책 탓에 나무들만 더 베어졌을 테니, 그 또한 나무의 생명을 유린한 잘못이 아니랴 싶은 생각까지 들어서— 필수적인 가난도 끼고 살지 않으면, 필수적인 비타민·철분·칼슘 등의 결핍증 증세가 나타날 듯싶어서—

그럼에도 고백컨대, 물량 시대는 한 편의 논문을 두 편으로 나누게도 만들었다. 편수보다 평생 한 편이라도 정말 좋은 논문이어야 할 텐데 말이다. 정말이지 최소한의 것만 두고 놓아버리고 싶은 이가 어찌 나 혼자만이랴.

며칠 전 원주의 토지문학관 행사에 가서 오랜만에 시골 풍경에 배불렀다. 내 아이 적의 고추나무는 어른인 내 허리께나 올 것 같고, 고추도 닷 근 넘게 달렸을 것 같았다. 고추마다 짙푸르다 못해 시커멓고 엄청 커서, 먹으면 영양가보다는 독기가 전신에 마구 물들 것도 같아 섬뜩해지기도 했다. 저렇게 키우느라 땅인들 오죽 고달프랴. 쪼그려 오도카니 앉아서 한참이나 들여다보았을까, 비료도 농약도 이젠 싫다. 나도 죽을 지경이니 제발 좀 쉬게 해줘! 이런 소리가 들리는 듯했다. 연구년(안식년을 이렇게 이름붙여 연구 논문을 내놓으라고)만 기다리는 지칠 대로 지친 내 귀엔, "너만 쉬고 싶은 줄 아니? 나도 쉬고 싶어"라는 소리가 온 밭에서 들리는 것도 같았다.

6년 동안 부지런히 농사지어 아껴 먹고 비축했다가 먹을 것이며, 7년째 되는 해는 땅으로 안식하게 하라. 저절로 난 곡식이나 과일은 걷지 말고, 나그네와 고아, 과부, 들짐승과 새들을 위해 버려두라. 너희도 애급에서 나그네였느니라 하며, 7년마다 모든 것에 안식년을 둔 유대인의 지혜에 새삼 감탄스러워진다. 아무리 잘 먹어도 한 여자가 해마다 자녀를 거푸 낳는다면 어찌 그 자녀들과 어머니가 온전한 사람일 수 있으랴.

적게 농사지어 적게 먹으며 적게 갖고 오래 입었으면— 체중만 자꾸 늘어가면서 이런 말을 쓸 자격도 없지만, 적게 만들면 지구의 자원도 천천히 적게 소모될 텐데— 자녀는 적게 낳으면서, 왜 쓰는 물량은 대량으로 생산하여 흥청망청 쓰며 아까운 걸 다 버리는지, 우리 시대의 가치가 적게 적게로 바뀌었으면— 그래서 도깨비도 만나가며, 지하 세계와 천상 세계도 가끔은 넘나들면서, 땅 위의 삶을 점고해가며 여유롭게, 사는 것처럼 제대로 살았으면—

이 여름이 다 가기 전에 천사보다는 친근한 도깨비를 한번쯤 만나, 그의 눈에 나는 어떻게 비쳤는가를 듣고 싶다. 그를 만나보기 위해 눈 맑은 사람이 되고자 땀으로 진땀으로 마음을 씻고 또 씻고 싶다.

처녀 귀신 손각시의 해코지

어느새 결혼은 필수가 아닌 선택이 되었다. 따라서 자식도 선택이 되어, 사실상 혈연의 영속성을 위한 가계전승家系傳承에 대한 유교 의식은 점차 사라지고 있는 셈이다. 물론 아직도 아들 선호 사상은 집요하게 남아, 임신 중 태아의 성별 감별로서 여태아는 유산시키고 남태아만 출산하여, 초등학교에서 여자 짝이 없는 남아들이 늘어가고 있다. 그러나 결혼과 가계 계승자로서 남아 출산은 전보다는 덜 필수적·절대적이 되어가고 있다.

억불숭유抑佛崇儒를 국시로 내건 조선조가 창건된 이래, 유교는 6백 년 가까이 우리 의식을 지배해왔다. 개인은 개인이 아닌 영속되어야 하는 혈연의 한 고리에 불과하여, 부모 조상의 혈연을 이어가기 위해서라도 아들은 절대적인 필수 조건이었다. 요즘처럼 있으면 좋고 없어도 괜찮은 아들이 아니었다. 그러므로 충분조건 이상으로 반드시 필요하여, 무자 즉 아들을 못 낳거나 못 길러서, 조상의 혈연을 이어가지 못하게 되면 이혼해도 되는, 칠거지악七去之惡의 첫 번째가 무자無子였으니 말이다.

『동의보감』의 구사求嗣장을 보면, "사람의 사는 길이 자식을 낳는

데서 비롯하고…"라고 되어 있을 정도였으니, 합법적인 자녀를 낳자면 결혼은 반드시 해야 했다. 본래 구사求嗣란 아내를 얻어 자식을 둔다는 뜻이라고도 하니, 결혼은 본인들의 행복이나 자아 이상으로 자아를 실현하는 수단이나 목적이 아니라, 자식을 낳기 위한 수단과 방법이었다.

그래서 우생학적 결혼 관행이, 의학이 발달되지 못한 당시의 여건상 최선책으로서 권장되기도 했다. 결혼은 하지 않는 것이 아니라, 하지 못하는 것으로 인식되어, 헤어스타일, 의복 차림에서부터 얼른 눈으로 가늠되지 못하는 수많은 불이익을 당하도록 된 다수의 의식과 인식으로 사회 제도화되어 있었다.

따라서 결혼을 하지 못하고 죽으면, 어른이 아닌 아이로서, 사회적 지위가 저승까지도 이어져, 온갖 불이익을 당한다고까지 전해지고 있는데, 이를 운명으로 만들어서 강요한 이야기가 전해져, 아직도 처녀가 죽으면 손각시라는 나쁜 귀신이 되고, 총각으로 죽으면 몽달귀라 하여, 몽당 빗자루 같은 총각의 댕기꼬리를 달고 저승에도 못 들어가고 떠돌아다니는 원귀寃鬼가 된다 했다. 다시 말해서 죽은 후의 저승이라는 세상에도 처녀 귀신·총각 귀신은 들어갈 자격이 없다는 것이다.

더구나 아녀자兒女子라는 최하위의 지위를 벗어나지 못하고 죽은 처녀는, 더더욱 앙심 품은 악귀가 될 수밖에 없다고 여겨, 처녀 귀신의 해코지와 관련되는 여러 이야기가 전해지고 있다.

한양의 어느 손씨 댁의 따님이 좋은 댁의 아드님과 약혼을 했으나, 불행하게도 어떤 이유로 혼인 전에 그만 죽고 말았다. 그래서 손씨 댁으로 장가들려던 총각은 다른 처녀와 혼인을 할 수밖에 없었다. 그러나 혼례식을 치르고 첫날밤을 자고 난 신부는, 아무런 병이 없었는데도 죽고 말았다. 신랑은 다시 부모가 구해주는 혼처로 장가를 들었으나, 또다시 첫날밤에 신부는 이유 없이 죽고 만다.

이런 일이 몇 차례나 거듭되자, 소문이 퍼져서 아무도 그 신랑에게 딸을 주려 하지 않았다. 장안의 사람들은 청혼만 하고 혼인 전에 죽어버린 손씨 댁 처녀 귀신의 해코지라고 수군거렸고, 발 없는 말이 천리를 간다는 속언대로, 이 소문은 온 장안에 퍼져서 돌아다녔다.

신랑 집에서는 너무 기가 막혀서 점쟁이를 찾아가서 물었다. 그랬더니 혼인 전에 죽은 신부감이었던 손씨 처녀의 원혼이 씌워서 그렇다고 했다. 즉 자신의 남편감을 다른 여자에게 빼앗길 수 없다 하여 처녀 귀신이 된 손씨 처녀가 신부를 죽인다고 했다. 약혼만 하고 혼례식은 올리지 못했더라도, 약혼의 효력은 부부됨이나 마찬가지로 여겼기 때문에, 그 처녀 귀신을 위로하는 푸닥거리 굿을 해주고, 신위神位를 시댁 조상의 사당에 두어, 그 댁 귀신으로 인정하고 또 제사까지 정성껏 지내주면 해코지를 하지 않는다고 했다.

신랑 집에서는 손씨 처녀의 무덤을 자기네 선영先塋으로 옮기고, 손씨 처녀 귀신의 위패를 자기네 조상의 사당에 안치해주었다. 뿐만 아니라 손각시라 불러, 지위도 아이에서 혼인한 여자인 각시로 격상시켜 불렀다. 그랬더니 정말로 다시 장가를 들어도 첫날밤에 신부가 죽지 않았다고 한다.

이렇게 하여 처녀가 혼인을 못한 채로 죽으면 저승에도 들어가지 못하고 제사도 받아먹지 못하기 때문에, 한이 맺혀서 제 한풀이로 남이 잘되는 일에 훼방 놓는 해코지를 하는 악귀惡鬼가 된다고 했다. 그래서들 처녀로 죽으면 시집 못 간 한이 맺힌 처녀 귀신이 되는데, 처녀 귀신은 무조건 '손각시'라고 불렀다.

마찬가지로 장가들지 못하고 총각으로 죽으면 '몽달귀신'이 되며, 몽달귀나 손각시는 저승에 들어가지 못하고, 구천을 떠돌며 주워 먹거나 얻어먹고 빌어먹는 걸인 귀신, 즉 걸신乞神? 객귀客鬼가 된다. 그러므로 저승에 들어서 자기의 자식들로부터 제사를 받아먹는 어른 귀신이 되지 못한 한풀이를 하느라고, 살아 있는 사람들, 더구나 행복을 누리는 사람들을 찾아다니며, 해치는 짓인 해코지를 일삼는다고 알려지게 되었다.

이렇게 혼인 전에 죽으면 어른이 못 된 아이로 취급해서, 산소 제사나 기제사 등 일체의 제사를 지내주지 않았다. 더구나 부모보다 앞서 죽어 불효不孝의 죄까지 지은 불효자로 여겨서 어떤 제사도 지내주지 않았다. 그래서 저승에 들지 못한 객귀? 걸신이 되어 한풀이를 한다고 믿어, 죽은 후에 혼인시켜주는, 영혼결혼식靈魂結婚式같은 의식도 있었다. 이렇게 사후에라도 영혼결혼식을 치러서 짝을 지어주고 제사를 지내주어야, 집안 식구들이나 이웃들에게 해코지를 안 한다고 했다.

영혼결혼식도 여러 가지가 있었다. 먼저 총각 귀신 몽달귀와 처녀 귀신 손각시를 혼인시켜주는 죽은 이들의 영혼끼리의 결혼식이 있었다. 죽은 이들끼리의 영혼을 결합시켜주는 결혼식이므로 좋은 날을 택하여, 간단한 혼례식을 치러주고, 영혼이 깃들었다고 여길 만한 남녀의 인형을 만들어, 두 남녀의 옷을 입히고, 신방을 차려주는 의식으로, 마지막에는 조상의 사당에 위패를 함께 안치해주는 것으로 끝난다. 물론 부부가 된 두 남녀의 죽은 날에 제사를 지내주고, 양자를 들일 수 있는 집안에는 양자까지 들여서 대를 이어가도록 했는데, 사후 양자 제도는 사대부층 권문세도가에서나 있었고, 일반 서민들에게는 사후의 영혼결혼식에서 제사까지만 지속되었다고 한다.

다음, 총각으로 죽은 몽달귀와 살아 있는 처녀를 결혼시키는 영혼결혼식도 있었다. 권문세도가에서는 죽은 아들의 영혼과 살아 있는 처녀를 혼인시키는 영혼결혼식이 있었는데, 처녀는 볏짚으로 만든 인형과 혼례식을 치르고 신방까지 차려서 초야를 치른 후, 평생 수절守節하고 살았다. 이 경우의 처녀는 대개 자기 집이 너무 가난하거나 천민이거나 의지가지없는 가엾은 집안의 고아 처녀들이 대부분이어서, 가난한 부모형제를 위해 자신을 희생시킨 경우라고 한다.

이렇게 죽은 몽달귀 총각 귀신과 살아 있는 처녀의 영혼결혼식은 있었으나, 죽은 처녀와 살아 있는 총각의 영혼결혼식은 필자의 조사에서는 발견되지 못하여, 영혼결혼식에서도 남녀 차별이 발견되었다. 심지어는 사대부층, 권문세도가나 왕실에서도 죽은 딸과 살아있는 총각의 영혼결혼식은 없었다.

아무튼 처녀나 총각으로 어른이 되는 의식인 결혼을 하지 못하고 죽으면, 그 무덤에 엄나무(두릅나무) 같은 가시가 험한 나뭇가지로 무덤 위를 덮거나 무덤 주변을 둘러쳐서, 아예 몽달귀(총각 귀신)나 손각시(처녀 귀신)가 무덤 밖으로 못 나오도록 했다. 우리의 전통 풍속으로는 무덤 근처에는 가시 돋친 어떤 나무도 심지 않는데, 그 이유는 제삿날엔 제사 받아먹으러 무덤 밖으로 나와야 하는 귀신이, 가시에 찔릴까봐 제삿날 밤 무덤 밖으로 못 나오게 만들기 때문이다. 즉, 가시나무가 이를 방해한다고 믿었기 때문이다.

이런 생각으로 일제 강점하에 일본인들이 우리나라의 공동묘지에 가시 있는 아카시아 나무를 심어서 조상들의 영혼이 제사 받아 잡수시러 무덤 밖으로 나오지 못하게 하고, 결국에는 죽은 부모 조상의 영혼이 굶어 자손들을 돌봐주지 못하면 자손들은 망할 수밖에 없다고 하였다. 따라서 일본인들은 그들이 산사태 방지를 위해 심은 아카시아 나무가 엉뚱하게도, 조선인들의 조상 제사에 관련된 의식을 자극하게 되어, 우리 민족의 원한을 산 이유가 되기도 했다.

가뜩이나 여자를 요망스럽다고 보았던 시대여서, 처녀로 죽으면 더욱 요망한 귀신인 요귀妖鬼가 되어, 남이 잘되는 것을 질투 시샘하여, 일가친척은 물론 생전에 서로 알던 이웃들, 낯선 타인들은 물론 심지어는 가족들까지도 해코지를 한다고 믿었다. 여성의 성특성性特性이 시기와 질투라고 인정되었기에, 처녀 귀신은 손각시라는 악귀로 치부되었으니, 여성에 대한 부정적인 편견 형성의 대표적 예라할 수 있다.

지금의 경제 상황에서 '무엇을 먹을까 무엇을 입을까 염려하지 말고, 하느님의 나라와 그 의를 구하라'는 가르침보다 더 절실한 무엇이 있을까? 지금은 옷이 해어져 못 입는 시대가 아니다. 어지간한 사람들이면 어떤 상태의 옷이든 한 십 년쯤은 참고 입을 정도는 가졌을 게다. 더구나 궁핍했던 시절을 살아온 50~60대 이상들은 더욱 그럴 것이다.

만약 고관 부인들이 황희 정승 부인상을 보여준다면 지금의 이 정권은 한 세기를 무난히 보장받을 것이다. 절대왕조 시대에도 백성들은 굿판에서 최영 장군을 신으로 모시고, 상 위에 이성계를 뜻하는 '성계육成桂肉'라는 돼지머리를 올렸고, 그 무속이 지금도 이어지고 있다. 또한 태조 이성계의 조선 건국으로 무참하게 살육당한 고려 왕씨들도 돼지머리를 성계육이라고 하지 않는가. 세조반정 때의 신숙주의 변절이 '숙주나물'로, 기묘사화의 원흉이던 남곤南袞과 심정沈貞이 '곤쟁이 젓갈'로 백성들에 의하여, 수백 년을 이어지면서 보복 질타당하며, 그들의 자자손손에게 치욕이 되고 있으니, 이런 치욕적 표현이 이 시대라 해서 생겨나지 말란 법은 없으니까.

외가댁의 숟가락

가게를 둘러보다가 수저가 하도 고와서 식구 수만큼 샀다. 너무 오래 썼으니 칠도 벗겨지고 해서 사가지고 왔으나, 헌 것을 버리자니 아깝고, 그렇다고 헌 수저가 망가질 때까지 마르고 닳도록 쓰기도 지겹고 해서, 둘 다 함께 쓰기로 했다.

요샌 수저도 패션시대라, 전처럼 은수저 한 벌로 평생 쓰진 않는다. 새 모양, 새 장식의 수저로 가끔 식탁 분위기도 바꾸고 싶어진다. 수저가 근사하면 밥맛도 더 나을 것 같아서다. 아무튼 하루 한 번씩 설거지를 하자면, 식구 수의 갑절로 수저를 확보해야 하고, 또 새 수저를 사용하는 작은 호사도 누리고 싶어져서.

새 수저를 쓰면서 자연스럽게 수저도 귀했던 옛날이 애기된다. 부러진 수저나 비뚤어진 수저도 그대로 사용했는데 참 좋은 세월을 사는구나! 아니지, 얼마나 오래 썼는지 한쪽이 비뚤어지게 닳고 닳아서 우리는 그 수저를 '빼태기'라고 부르기도 했으니까. 그 빼태기는 무쇠 솥바닥에 한사코 달라붙은 누룽지를 긁을 때, 무나 감자 껍질들을 벗길 때 요긴하게 쓰곤 했지. 모양이 온전한 것보다 껍질 벗기기가 더 쉬웠으니까. 그래서 그 천덕꾸러기 빼태기는 제 몫을 다

할 수 있었지. 요샌 너무 오래 써서 지겹다는 이유만으로 멀쩡한 수저도 두고 새 걸로 사고 싶어지다니, 이런 미안함을 왜 아니 느끼겠는가.

요즘 아기들은 외가댁을 수시로 드나들면서 무엇을 훔쳐 오는가?

70년대 후반까지도 아기가 태어나 처음 외가댁을 방문하고 돌아올 때는, 외가 식구들 몰래 수저 한 벌을 훔쳐 가지고 돌아왔다. 그래서 외가댁에 가려고 엄마 등에 업힌 아기에게 어른들은 "밥숟갈 훔치러 외가 가는구나!"라고 했고, "숟가락 훔치러 외가 가야지! 언제 갈래?"라고도 했다.

왜 이런 풍속이 생겼을까? 식탁에 앉아 시답잖은 반찬을 내려다보며 문득 이런 풍속이 생각난다. 아아 너무도 가난해서 먹고 사는 일이 모든 일 중에서 으뜸이던 그 시절. 그땐 잘 먹는 복이 제일가는 복이었을까? 잘 먹는다는 말도, 요즘처럼 그야말로 질적으로 잘 먹는다는 영양이나 맛을 우선시킨다는 의미가 아니었다. 그저 위장을 채우는 정도의 먹을 것이 풍부하다는 뜻이 고작이었지 않을까? 그래서 식복食福이 소박한 소원으로서는 최고의 복이라고 여겼던지, 먹을 복이라면 으레 밥숟가락을 연상했을까? 수저가 밥을 먹는 도구이니까, 그래서 남의 식복을 훔쳐 온다고 여겼을까?

왜 하필 외가에 가서 수저를 훔쳐와? 그러나 훔쳐 와도 어여삐 봐줄 수 있는 집은 외가댁이 아닌 어느 집이 다시 있었겠나? 그래서 마음 놓고 외가댁에서 훔쳐 왔을까?

그땐 모든 물건이 귀했으니, 수저 사기도 힘든 집안도 많았으리라. 장터도 멀고, 너무 가난하기도 했을 테니까. 그래서 가장 만만

한 외가에서 훔쳐오는 풍속이 생겼을 수도 있지. 아니 새 외손을 위해서 새 수저 한 벌 사줄 만한 형편이 못 되는 외가댁도 많아서 훔쳐 간다는 쉬운 방법을 택하게 되었을지도 모르지. 너무 가난한 외가댁의 체면 유지를 위해서.

이런 얘기로 새 수저에 생색도 내고, 사라지는 우리 옛 문화도 알게 해주면서, 지난 시대가 얼마나 어렵고 힘든 시대였는지, 지금의 풍요로움에 감사할 줄도 알기를 바라면서.

우리의 전통 풍속을 오래 연구하다 보니, 나이답지 않게 옛날 얘기를 자주하게 된다. 그래서 어떤 독자는 내가 자동차 운전도 컴퓨터도 못 다루는 노인으로 알았다는 오해도 받지만, 잊히고 지워져가는 이런 작고 의미 깊은 우리의 풍속들을 나는 몹시 사랑한다.

너무나 사소해서 우리 생각을 윤기 있게 우리 일상을 고소하게 해주는 깨소금이나 참기름 같은 풍속들을. 은수저 한 벌을 사주는 것보다 얼마나 운치 있는 잔재미가 되는가.

발견하는 매력

꿈 많던 여고 시절에는 강씨 성姓을 좋아했다. 구체적으로 강씨 누가 좋아서라기보다는 '강'하고 울리는 청아한 발음이 좋았기 때문이다.

정말이지, 그때는 강씨 외에 다른 성씨는 모두 매력이 없어 보였다. 김씨는 김빠진 듯하고 이씨를 비롯하여 글자에 받침이 없는 성씨를 가진 사람은 어쩐 흐리멍텅하고 지리멸렬한 사람인 것만 같아, 나는 오직 강씨 성을 가진 남성과 결혼하리라 굳게 마음먹은 적이 있었다.

철부지 적의 나의 이런 기호는 그 후 여러 차례 바뀌어 사람의 매력이란 이름이나 장기, 직업이나 체격 및 용모에 있는 것이 아니라는 제법 성숙된 생각에까지 이르게 되었다. 어릴 적 내가 그리도 매력을 느꼈던 강씨 모두가 드높은 가을 하늘 아래서 가야금 산조를 뜯을 줄 아는 신선들만은 아니라는 것, 강씨가 나타나 주지 못한 탓도 있지만, 강씨 아닌 사람과 결혼한 것도 그리 후회스럽지만은 않다는 것. 더구나 어느 한 시절 그토록 날 사로잡던 미남의 매력이, 지금 와서 어떤 때는 덜 절여진 김치 맛처럼 싱겁다고 느낄 때도 있으니 말이다. 그래서 참으로 엉뚱한 사람의 엉뚱한 매력에 놀라곤 한다.

지난 봄 종로 길을 가다가 모某씨를 만났다. 하도 오랜만에 그것도 우연히 만난 분이라 커피 한잔을 대접하고 싶다고 했더니, 이분은 커피 맛이 좋은 찻집을 찾아 삼십 분 정도나 나를 끌고 다녔다. 마침내 요상한 찻집 하나를 발견하여 자리에 앉았을 때는 커피 마실 기분은커녕, 이분의 무례함에 화가 나기까지 했다. 그런 내 기분은 아랑곳없이 이분은 전매특허인 자기 자랑을 엮어 내기 시작했다. 거의 한 시간이나 자기 자랑에 흥분하더니, 최근작 시 한 수를 낭랑히 암송하고는 바쁘다고 일어서 가버렸다.

전 같으면 이분의 주책에 화가 났을 텐데, 나는 몹시 상쾌하여 웃으면서 걸어왔다. 괜히 기분이 좋아졌다. 모든 사람이 그분처럼 잘난 척한다면 곤란하지만, 내 주변에 이처럼 순진하고 철딱서니 없는 노인 한 분이 계시다는 것은, 재미없는 세상살이에 깨소금을 치는 일인 것 같았다.

또, 만나기만 하면 남편 자랑과 애들 자랑만 하는 모 여사, 사춘기 소녀처럼 사람을 피곤하게 만드는 이 중년 부인의 애교에도 은근히 애정이 간다.

나이 탓일까? 이제 나는 오랫동안 사귀어 온 별 특징 없는 내 주변 사람들에게서 새로운 상쾌함을 발견하는 것이 즐겁다. 내가 발견하는 사람들의 이런 매력, 마땅히 꼴불견으로 몰아붙이기에 충분한 이유들, 나는 왜 애정 있게 보고 받아들여 매력으로 생각할까? 요즘 나의 삭막한 주변에, 재미있게 세상살이에 깨소금을 쳐주고 알맞게 양념 노릇을 해주는 분들이 있어 나는 즐겁다. 더욱 나 자신 이런 분들의 매력을 발견할 줄 알게 된 것이 무엇보다도 즐겁다.

아낌없는 사랑

사랑은 무엇과 같을까?

누구든지 이 문제를 몇 번쯤은 깊이깊이 생각한 적이 있으리라. 위대한 학자, 위대한 종교가, 아니 철학자들이 말해 주는 금언경구로 표현된 사랑이 아니라, 그냥 평범한 예를 들어 평범한 이야기로 비유해 주는 그런 사랑 이야기가 우리에게 보다 절실한 감동을 느끼게 하지 않을까.

내가 첫애를 낳았을 때, 나의 동생은 아직은 잠만 자는 제 조카를 위해 한 권의 책을 사가지고 왔다. 『아낌없이 주는 나무』라는 실버스타인의 책이었다. 시인인 나의 마음에 더욱 감동을 주는 것은, 그 책은 몇 마디의 글과 스케치만인 나무와 소년의 그림으로 만들어졌다는 점이었다.

나는 단숨에 대여섯 번은 읽었으리라. 아무리 읽어도 갈증이 가시어지지 않고 그 감동에 오래오래 취해지고만 싶었기 때문이다. 젖아기를 안고 나는 몇 번이고 그 책을 읽어 주었고, 자라서 글자를 읽을 줄 알 때에도 거듭거듭 읽으라고 권했다. 뿐만 아니라, 내 마음이 까닭 없이 허전하고 빈 듯이 추워질 때도 자주 꺼내어 몇 번이나 읽곤 했다. 소리 내어 읽기도 하고 눈을 감고 외어 보기도 했다.

옛날에 한 그루의 나무가 있었습니다. 그리고 그 나무에게는 사랑하는 소년이 하나 있었습니다.

그 소년은 매일같이 나무에게 와서 떨어지는 나뭇잎을 한 잎 두 잎 주워 모았습니다. 나뭇잎으로 왕관을 만들어 쓰고, 숲속의 왕자 노릇을 했습니다.

소년은 나무줄기를 기어 올라가서는 나뭇가지에 매달려 그네도 타고, 사과를 따먹기도 했습니다.

나무와 소년은 때로 숨바꼭질을 했습니다. 그러다가 피곤해지면 소년은 나무 그늘에서 단잠을 자기도 했습니다.

소년은 나무를 무척 사랑했고 나무는 행복했습니다.

하지만 시간은 흘러갔습니다. 그리고 소년도 점점 나이가 들어갔습니다. 그래서 나무는 홀로 있는 때가 많아졌습니다.

그러던 어느 날 소년이 나무를 찾아갔을 때, 나무는 말했습니다.

"애야, 예전처럼 내 줄기를 타고 사과를 따먹고 그늘에서 놀며 즐겁게 지내거라!"

그러자 소년은 이제는 그렇게 놀기엔 너무 커져 버렸다고 말했습니다. 소년은 물건도 사고, 신나게 놀고 싶은데 돈이 없다고 말했습니다. 그리고는 나무에게 돈을 줄 수 없느냐고 말했습니다.

나무는 돈이 없어 미안하다고 말하면서,

"내 사과를 따서 도회지에 가지고 가 팔면 돈이 생길 테니, 그렇게 하지 않겠니?" 하고 말했습니다. 소년은 나무에 올라가 사과를 따가지고 가버렸습니다. 그래서 나무는 행복했습니다.

오랜 세월이 지나도 소년은 돌아오지 않았고, 나무는 슬펐습니다. 그러던 어느 날 소년이 돌아왔습니다. 나무는 기쁨에 몸을 흔들면서,

"내 등줄기를 타고, 가지에 매달려 그네도 뛰고, 즐겁게 놀아." 하고 말했습니다.

소년은 이제는 나무에 올라가 놀 만큼 한가롭지 못하다고 말했습니다. 그리고는 집도 필요하고 아내를 얻어 자식도 낳아야겠다고 말했습니다. 나무는 자기의 가지를 베어 가서 집을 지어 행복하라고 말했습니다. 소년은 나뭇가지를 베어 집을 지으러 가지고 갔습니다. 그래서 나무는 행복했습니다.

그렇게 떠난 소년은 오랜 세월이 지나도 돌아오지 않았습니다. 나무는 슬펐습니다. 그러던 어느 날 소년은 중년이 되어 나무를 찾아왔습니다. 나무는 너무 반갑고 기뻤습니다. 그러나 소년은 나무에게 먼 곳으로 데려갈 배 한 척이 필요하니, 그 배를 달라고 말했습니다. 나무는 자기의 몸을 베어다가 배를 만들어 가고 싶은 곳으로 떠나면 행복해질 거라고 했습니다.

소년은 나무 둥치를 베어 가서 배를 만들어 타고 떠나 버렸습니다. 그래서 나무는 행복했으나, 정말로 행복한 것은 아니었습니다.

오랜 세월이 지난 뒤에 소년은 초라한 할아버지가 되어 돌아왔습니다. 잘려 나간 밑동만 남은 나무는 그에게 더 줄 것이 없어 미안했습니다.

"애야, 이젠 내가 줄 것이 없어 미안하다. 내 밑동에 앉아 쉬어라."

나무의 말에 초라한 노인은 잘려 나가 밑동만 남은 나무에 앉아 쉬었습니다.

사랑이란 모름지기 아낌없이 자신을 내어 주는 것, 사랑하기 때문에 이밖에는 아무런 이유도 없이, 자기를 내어 주는 희생이라고 작가는 말하고 싶었을까.

어머니의 사랑이든, 이성간의 사랑이든, 친구간의 우정이든 모든 사랑은 아낌없이 주는 나무와 같아야 할까?

아직도 읽으면 읽을수록, 외워 보면 외워 볼수록 가슴이 촉촉이 젖어 들고, 눈안개가 피어오르고, 콧날이 찡해지는 감동을 느끼게 하는 이야기. 수채화처럼 얼마나 담백하고 순수한지. 요란하지도 어지럽지도 않은 이 희디흰 설경과 같은, 연분홍 꽃잎과 같이 얼마나 거룩하고 고결한 감동을 주는지. 실버스타인, 그 작가에게 새삼 고마움을 금할 수 없다.

이처럼 순결무구의 사랑 얘기를 써낸 그 작가는 어떤 사람일까? 신의 감동을 받지 않고서야 어찌 이처럼 아름다운 사랑 얘기를 쓸 수 있었을까. 이 한 권의 책은 10분도 안 걸려 다 읽을 수 있으나, 10년도 100년도 넘게 그 감동이 조용히 물살 지을,

이 한 권의 책을 권하고 싶다. 지금 사랑을 하고 있는 분들에게, 사랑을 그리워하는 분들에게.

이름과 얼굴, 바뀔 수도 변할 수도

　이름이란 내 것이면서도, 남들이 주로 사용하는 타인용이 아닌가. 그래서 남들이 쉽고 친근감 있게 부르게 하는 것이 타인을 배려하는 배려라면 배려일 수도 있고, 본인에게도 중요하다는 것을, 나같이 아둔한 사람은 늦게야 깨닫게 되었지만, 인기를 의식하는 이들은 일찍부터 알게 되는 모양이다.

　우리의 경우 딱 세 글자인데, 그 중 한 자는 태어나면서 물려받지 않을 수 없는 성씨姓氏가 아닌가. 어머니의 성씨를 따르건 아버지의 성씨를 따르건, 어쨌거나 무조건 물려받는 재산 아닌 유산이고, 게다가 또 한 자는 집안의 항렬자를 따라야 하니, 이것 역시 강제적으로 덤터기를 쓰는 셈이다. 물론 부모가 당대에 정한 가훈이나, 부모의 선호하는 글자나 내용, 또는 신념, 철학적 소신에 따라 항렬자를 무시하고 지을 수도 있지만, 남자 아이의 경우는 아직도 항렬자를 따라 이름을 짓는 것을 무슨 자부심이나 긍지로 여기는 이들도 있어, 쉽게 사라지진 않을 것 같고, 또한 없앨 필요까지 없다고도 할 수 있다.

　내가 아는 어느 분은 성씨처럼 엉터리가 없다고 늘 주장한다. 성씨姓氏의 한 자를 파자하면 여자가 낳은 바이니, 일찍부터 낳아준 어머니의 성은 믿을 만해도 아버지의 성씨는 믿을 만하지 못하다는 것이다. 그가 들어 보이는 예로서는, 미국의 린든 비 존슨 대통령도 친부의 성씨 아닌, 재혼한 어머니를 따라 자라면서 계부繼父의 성씨 존슨을 물려받은 것이고, 현대의 빌 클린턴 대통령도 친부의 죽음으로, 어머니의 재혼과 삼혼이 이어져, 세 번째 남편의 성씨를 따른 것이라고 자진하여 밝히고 있으니, 부끄러운 일도 전혀 아니라는 미국 사회의 인식이 놀랍다. 재혼한 남편도 죽자 어머니는 살 길이 없어 세 번째로 혼인했는데, 삼부三父가 어찌나 어머니를 때리는지, 어린 빌은 자기가 삼부의 성씨를 따라주면 어머니를 덜 때릴 것 같아서, 어린아이로서 자진하여 클린턴으로 바꿨다고 하니, 어린 소년 빌의 그 심사가 오죽했겠는가.

우리 사회는 불과 1960년대까지도 '이 말이 거짓말이면 내가 성姓을 바꿔버린다?'고 하며, 성씨 바뀌는 것을 기막히게 욕스러운 것으로 모두가 인식하고 있었는데, 이제는 본인 스스로 자기 성씨를 선택하고 결정하는 시대가 되었으니, 받아들이는 사람의 심사야 어떻건 간에, 우리 사회의 인식에도 대단한 변화가 생긴 게 아닐 수 없다고 본다.

부르는 이들에게 쉽게 친근하게 불릴 수 있게 하느라고, 자신의 성씨를 아버지의 성씨에서 어머니의 성씨인 피카소로 바꿨다는 피카소에게, 미국의 신문작가 거트루드 스타인이 찾아왔다. 그녀는 주로 파리에서 생활했기 때문이겠지만, 이 유명 화가의 손으로부터 초상화 한 점을 받고 싶어, 벼르고 벼르다가, 늘 바쁜 피카소에게도 좀 쉬는 시간일 때라는 누군가의 귀띔에 용기를 내어 찾아가 자신의 초상화를 부탁했다.

걱정했던 바와는 달리, 지금 당장 그리자고 한 피카소는 몇 번이나 그녀를 이리저리 돌려 앉혔다간 다시 앉히기를 반복하며, 그리고 지우고 하기만을 되풀이했다. 그러다가 어느 순간부터는 더 이상 그녀는 거들떠보지도 않고 초상화만 그려갔으니, 모델인 스타인도 적잖이 걱정되었을 것이다. 마침내 다 그렸다는 피카소가 보여주는 얼굴은 그녀를 어이없게 만들기에 충분했다. 그림을 보는 순간 그녀는 소리를 질렀던 모양이다.

"이건 내 얼굴이 아니잖아요!"

그러나 피카소는 빙글거리면서, 능청스럽고 당당하게 대답했다는 것이다.

"하지만 두고 보세요, 당신 얼굴은 그렇게 바뀌고 말 거요."라고.

'나는 결코 아이처럼 데생한 적이 없다. 열두 살 때 이미 라파엘처럼 그렸다.'라고 큰소리 쳤던 피카소였다니, 자기 그림에 대한 당당함이 어떠했으랴는, 안 보고 보는 듯하지 않는가. 그런데 문제는 과연 세월이 흐르면서 파리에 살고 있는 그녀의 얼굴은 점점 피카소가 그려준 모양대로 변화되고 바뀌어갔다는 것이다.

이 에피소드를 두고 피카소의 눈이 얼마나 날카로운가를, 그의 시력은 화장하고 만들어내고 꾸며낸 얼굴이 아니라, 그 모든 것들 뒤에 숨어 있는 감춰진 모습을 샅샅이 다 발견해내고 있었다고 한다.

나도 거울을 볼 때마다, 이건 내 얼굴이 아닌데−. 라고 생각한다. 가끔씩

"너 엄마가 지금 같았으면 내가 결혼하자고 했겠냐?" 하는, 칭찬인지 욕인지를 분간하기 어려운 말을 귓등 너머로 듣기도 한다.

정말이지 피부만이 아니고 윤곽만이 아니라 전체적인 골격도 변하고 눈, 코, 입과 귀의 위치도 달라진다. 그래도 이렇게도 달라진 나를 모두들 나라고 알아보아 주는 이들이 용하고 고맙다.

금강산에서 남과 북의 이산가족들이 만나는 화면을 보면, 그 오랜 단절의 세월이 흐른 다음에도, 역시 형제나 부자간에 비슷한 무엇이 얼른 잡혀지니, 핏줄이니 유전자니 하여튼 공통된 뭔가는 있긴 있는 모양이다.

어떤 이들은 환경이라는, 음식 기후 운동 사용하는 언어의 종류 등, 살고 있는 사회의 문화적 가치 차이가 개인들의 얼굴이나 체형의 차이를 만들어내는 데 중요하게 작용한다고 하고, 또 어떤 이들은 개인마다의 식성과 종교를 비롯한 인생관이나 가치관의 차이에 따라 심성이 달라질 수 있기 때문에, 내면의 가치나 특성들이 말씨나 얼굴, 성격, 걸음걸이, 입고 사는 복식, 주거환경 등의 차이로 나타난다고도 주장한다.

어디 한두 가지만이 원인이 되겠는가마는, 아무튼 부모 조상이 지어준 이름도 바꿀 수 있고, 의도적으로 바꿀 시도가 없어도 저절로 얼굴이나 체형도 말씨도 변화되게 마련이다.

트랜스젠더의 시대에 서양식 개명이나 젓가락 같은 체형 변화야 뭐 별게 되겠는가. 아무리 바뀌어도 내가 나일뿐인데 뭐.

머리 좋고 게으른 리더와 일하는 행복

시인이고 육군대령이며, 육사 교수인 이기윤 시인의 말은 생각할
수록 신선하다. 이 시인은 시인정신과 군인정신의 같은 점은 '제 정
신이 아닌 점?'이라고 했다. 제 정신이 아니어야 시를 쓰고, 군인다
운 군인이 된다고 했다. 또 그 시인은 군대에는 4가지 형의 리더가
있다고 했는데, 우리 직장에서도 적용할 수 있다.

머리 좋고 부지런한 리더(A형)와 머리 좋고 게으른 리더(B형)가
있다. 머리 나쁘고 부지런한 리더(C형)와 머리 나쁘고 게으른 리더
(D형)도 있다.

한마디로 좋은 리더는 B> D> A> C의 순서라고 한다. A형은 머
리 좋고 부지런해서 매사를 자기 뜻대로 부리려 하여, 팀원들의 창
의성이 나타날 여지를 안 준다. 그래서 D형이 차라리 나은 이유는
머리도 나쁘고 게다가 게을러서, 최소한 일을 방해할 염려는 없기
때문이라고. 따라서 머리도 나쁘면서 부지런을 떠는 C형이 최악의
리더라고 한다.

물론 가장 좋은 리더는 머리 좋고 게으른 리더(B형). 꼭 필요한
간섭만 하고 대개는 팀원에게 스스로 책임지고 창의성과 생산성을

발휘하도록 재량권을 준다. 이런 리더와 일하는 팀원은 엉뚱하고 기발한 아이디어를 자유롭게 표현하여, 창의성과 생산성이 저절로 높아질 수밖에 없고, 자기의 아이디어로 자기 일을 하기 때문에 일에 미치고 빠져서, 먹고 자면서도 일만 생각하게 되니 일하는 행복을 누릴 수밖에. 대박이 터져도 실패를 해도 자기가 책임을 져야 하니 얼마나 열심히 일하겠는가. 실패 또한 지혜의 어머니가 아닌가. 실패해도 좋으니 간섭 덜 받고 마음 놓고 마음대로 일 해보는 행복을 누렸으면….

직업적 행복은 어떤 행복보다 우선 된다. 직업 없이는 일상의 생활도 자기실현도 불가능한 연구직 종사자에겐, 직장은 생애를 사는 삶의 현장이자 일상의 생활현장이고, 직업은 자기실현의 과정 아닌가. 직업적 행복은 가정의 행복과 인생의 성공도 좌우하지 않는가. 부모 팔자가 반팔자이듯 리더 팔자가 반팔자인 직장인 아닌가.따라서 B형의 리더와 일하는 팀원들에겐 반팔자 이상의 온팔자의 행복이 아닐 수 없으리.

그러나 시시콜콜 간섭하느라 팀원을 볶아대는 부지런을 떠는 머리 나쁜 C형 리더와 일하는 팀원들은, 창의성이나 생산성은커녕, 사소한 것까지도 시키는 대로만 하면 책임질 일이 없는 기계가 될 뿐, 일하는 재미도 보람도 없고 능력도 쓸 데가 없어, 지겨운 직장생활을 할 수밖에. 이런 대표적인 C형은 바로 우리의 교육부가 아닐까.

물론 일의 내용이나 성격에 따라서 다르지만, 학문이나 발견 발명 같은 연구는, 팀원의 재량이 클수록 창의적이고 생산적이 되는데도, 해마다 교수의 논문편수와 사회봉사와 자문참여와 특강 등의

횟수까지 챙기는 졸렬한 업적평가로, 연구하고 강의하는 본업의 기쁨마저 빼앗아버린다.

교수가 만능인가? 몸이 열 개인가? 교육부야말로 머리도 나쁘면서 부지런만 떠는 C형들만 모여, 강의와 연구를 방해하기에 바쁘다. 그래서 우리나라 교육이 잘 되려면 교육부가 없어야 한다는 극언까지 듣는다. 머리가 나쁘거든 게으르기나 했으면 그나마 다행일 텐데….

명절 차례 이대로 좋은가?

 '즐거운 고향 길 되세요.'라는 현수막이 걸린 아파트 단지는 모처럼 한산했다. 그래서 어쩌다 이웃과 마주치면 서로 의아한 표정이 된다. 고향이 서울이라 갈 데가 없다는 이, 부모님이 돌아가셔서 고향 갈 필요가 없다는 이, 남편과 아이들만 고향에 보냈다는 이, 그리고 좀 색다르게 명절을 보낸다는 이웃도 있었다.

 즉, 설과 추석마다 조상님 차례상 비용을 불우이웃(복지단체)에게 보낸다는 이가 있었다. 부모님 제사와 가족들 생일, 자기들의 결혼 기념일도 그렇게 기념한다고 했다. 돌아가신 부모님도 좋아하실 것 같고, 자신들은 물론 아이들에게도 교육이 되는 것 같고, 명절 차례 준비로 바쁘지도 힘들지도 않고, 식구들 먹을 명절음식만 조금 장만한다는 말에 정말이지 감동 먹지 않을 수 없었다.

 협동노동이 요구된 농경시대의 특성으로, 동조同祖의 혈연의식을 강화하면서 구심력을 키워온 전통 명절은, 원심적 생활의 현대인에게도 소외감과 고립감을 해소하며, 혈연으로 확대된 가족 친지들로 '나?'의 확대인 "우리"를 체험시켜주기도 한다. 그래서 명절은 가족

단위의 집단 치유적 의의로서 가족 정체감을 체험시켜주는 기회도
된다.

그러나 혈연에 근거한 전통 명절의 뒷맛은 늘 개운함만은 아니다.
가족집단의 특성에 따라 다를 수 있겠지만, 부모의 불만스런 유산분
배로 이복형제 간의 엽총살해사건이 보도되었고, 노부모 부양과 제
사 책임으로, 부자 모녀 형제간의 불화사건도 명절 뒤의 고정보도
메뉴이고, 옆 동 어느 집은 전 가족 교통사고 사망이고, 어느 동 몇
몇 빈집은 도둑맞았단다.

죽기 살기 식으로 감수한 고향 길 가족들의 만남이 이런 불상사
들이라면, 굳이 전통방식대로만 고집해야 하는지 반성해 볼 필요도
있다. 모처럼 만난 서먹한 가족친지들이 혈연이라는 이유만으로 주
고받은 상처가 더 크다면, 편리하고 더 의미 있는 명절 보내기는 없
을까? 다양하고 다원적인 현대문화와의 접목도 창안해볼 수 있지
않을까?

왜 남들 하는 방식대로 나도 우리도 따라 살아야만 안심이 되는
가? 예부터 '사촌이 땅을 사면 배가 아프다'거나, "사촌 아니면 남길
데가 없는 것이 장사"라는 속언이 있어온 것도, 수 세대를 한마을에
서 비비대며 함께 살아도 가족답기가 어렵다는 뜻이 아니었을까? 더
구나 명절에 몇 번 만나는 가족이 진정한 가족다워지기는 더욱 어려
운 일.

단위가족의 개념도 다양해지는 현대에는, 우리나라에서도 부부-
자녀 가족이 47.1% 정도, 무자녀-부부 가족이 13.8%, 일인 독거 가
족이 17%나 되고 있어 명절의 조상 차례가 얼마나 더 지속될지, 수

백 년 동안 동일방식이어야 되는지, 그것이 정녕 어떤 의미와 의의가 있을지 재고해 보게 된다.

더구나 심각한 단위가족의 해체현상이 증가하고 있어 가족의 의미가 아무리 강조되어도 부족함에도 불구하고, 가족 이기주의와 가족의 의미가 혼동되는 것은 아닌지. 지금 우리 식으로 보내는 전통명절은 가족 이기주의를 더욱 부추기는 방향이 아닐까?

혈연에 한정된 가족 이기주의는, 혈연을 초월한 이웃으로 가족개념을 확장하는 데는 방해가 되어, 우리 고아의 국내입양이 저조한 이유도 되어오지 않았는가. 앞서 명절 차례와 부모님 제삿날의 차례 및 제사비용을 불우이웃에 헌사하는 방식의 명절 차례 지내기는, 혈연에 한정된 전통명절 의식을 초월한, 다원적이고 다채롭고 다양한 현대 가족문화 발전의 좋은 예가 아닐까.

참 효도는 사후 제사상이나 명절 차례 상이 아니라, 생전의 정성스런 쓴술 한 잔이라지 않는가. '제사상 명절 차례 상 비용을 불우이웃에게'는 어린 자녀들에게는 최상의 효교육과 인성교육이 아닐까. 부모 조상의 혈손인 자녀를 제대로 교육하는 것 이상의 진정한 효도도 없지 않는가.

"나"라는 존재는 가족까지만이 아니라, 혈연을 초월한 성씨와 인종과 종교가 나와 다른, 도움이 꼭 필요한 이들까지 확대되어야 진정한 가족개념이 아닐까?

에라 모르겠다. 내일은 추석, 내식으로 새롭게 내 멋대로 보내자.

명사들의 기언 또는 기행

우물에 빠진 덕분에 철학이 바뀐 철학자가 있었다. 그리스의 철학자 탈레스는 사색에 잠겨 산책을 하다가 그만 우물에 빠져버렸다. 다행히 우물에서 빠져나온 탈레스는 이때부터 주장이 달라졌다고 한다.

"우주만물은 물로 만들어졌다"는 주장을 펼쳐 나갔다고 한다.

"코끼리만한 키스를 아빠가 보낸다." 볼리비아에서 딸에게 보낸 체 게바라의 편지였단다.

"이 세계 어디에선가 행해지고 있을 불의를 깨달을 수 있는 능력을 키웠으면 한다… 그것이 혁명가가 가져야 할 아름다운 자질이란다."

이 구절이 담긴 편지를 딸에게 보낸 후, 1년이 못 되어 볼리비아 정부군에 의해 죽었다는 체 게바라. 아직도 그의 얼굴이 담긴 티셔츠를 입은 젊은이가 서울거리에서도 가끔 눈에 띈다.

"이제 나는 생일이 필요 없는 나이에 이르렀다. 금년 이후의 내 생일(1850년 11월 13일)을 에이 아이드 양에게 양도한다"는 증서를 11

살 소녀에게 써주었다는, 로버트 아이 스티븐슨은 『보물섬』의 작가이다. 아이들을 좋아해서 특히 어여쁜 소녀를 좋아했단다.

월트 디즈니는 생쥐들을 새로운 주인공으로 만들려고 작정하고 미키 마우스라는 이름을 지어주었다. "밤늦게 일을 하고 있으면 휴지통 속으로 생쥐가 모여 들었지요, 그놈들을 꺼내어 새장 속에 넣어 책상 위에 올려놓았지요."

뉴욕의 콜로니 극장에서 1928년 9월 19일 만화영화 <Steamboat Willie>가 상영됨으로써 미키 마우스가 최초로 움직이며 말을 하기 시작했다. 미국적인 유머와 활력의 상징이었고, 전쟁광 히틀러를 격분시켜 분쇄한 제2차 대전의 D-day 작전명이기도 했던 미키 마우스, 머리를 어디로 돌려도 둥근 귀가 항상 앞면에서 잘 보이도록 배치한 것이 미키 마우스(Micky Mouse)의 비밀이었단다.

한 알의 모래 속에서 세계를 보고,

한 송이 들꽃 속에서 천국을 본다.

손바닥 안에 무한을 거머쥐고,

순간 속에서 영원을 붙잡는다.

To see a world in a grain of sand,

And a heaven in a wild flower.

Hold infinity in the palm of your hand,

And eternity in an hour.

윌리엄 브레이크(William Blake)의 "Auguries of Innocence"에서 인용한 시다. 불교적 대오의 경지에 이른 듯한 이 짧은 절구는, 생태나 환경보호와 관련된 글이나 활동에서 자주 인용되고 있다.

창조적 상징으로, 아라비아 숫자 몇 개

몇 년 전 어느 대학교가 문학특기자를 선발하는 백일장에서 응모
자의 작품을 심사하다가 참으로 재미있는 시어詩語를 발견했다. 발견
이라고 해야 할지, 내가 표현할 수 있는 적절한 언어가 매우 구차한
지금이다. 신세대답다는 말을, 기발하다는 말은 이런 게 아닐까하는
생각이 들 정도였다. 그 새로움과 새로운 감각에 접한 그때의 놀라
움에, 나는 심사비 받고 배울 수 있는 횡재를 했다고 고백해야 옳을
것이다. 작품의 수준과는 무관하게 시어詩語중에 "C8 c8"이라는 영어
알파벳과 아라비아 숫자의 묘한 결합어가 바로 그것이었다. 일컬어
소리상징이라고나 할까? 더구나 같은 C를 대문자와 소문자로 차이
를 둔 표현이야 말로 절묘하다고 아니 할 수 없었다.

그 날 이후, 이때까지의 나의 상징 찾기, 또는 상징 창조란 얼마
나 안일하고 제한적이었던가를 반성하지 않을 수 없었다. 존재하는
모든 언어와 그림과 도표는 상징어가 될 수 있다는 것을 오랜 동안
잊어버린 상태로, 시가 언어예술이니, 오로지 언어적 상징만을 찾아
헤매어 왔음을 깨닫게 되었다.

전공인 나의 교육심리학은 특히 발달심리학은 이미 수십 년 전에 상징의 무한함을 가르쳐주지 않았던가. 인간의 표현방식은 행동적 (enactive) 상징, 그림적(iconic) 상징, 그리고 언어적 또는 기호적 (verbal or signalic) 상징으로 나뉜다. 이런 상징의 수준은 아동기부터 어른으로 정신적 성장이 이루어짐에 따라, 동작적 상징인 행동수준에서 그림, 도형, 도표로 발전되어 표현되다가, 마지막 수준의 기호인 언어적 상징이라는 최고수준의 표현방식에 이르게 된다고, 배웠던 것을 다시 기억해 낼 수 있었다.

그 후 이때껏 내 시가 주로 의존해오던 형태形態즉 모양이나 동작動作등 움직임이나, 속성俗性의 상징에서, 그리고 한글의 자음 "ㄱ, ㄴ, ㄷ, ㄹ…"같은 한글 파자破字등의 시도를 거치기도 하면서, 아라비아 숫자의 상징을 시도해 봤다. 소리상징 즉 의성어에도 콩밭의 비둘기 울음을 "구구구"라고 하기보다는 "999"한다든지, 사람됨이 "칠칠"지 못하다는 속성 즉 의미意味상징을 "77"로서도 써 보았으나 반응들은 신통치 못했다. 반응은 무시해야 하지만, 무시 또한 얼마나 맥 빠지던가! 이때껏 나는 의태어를 숫자로는 상징해 보지 못했다. 그러다가 시의 제목에서 아예 아라비아 숫자 「3 3」을 사용한 적이 있다.

A4 용지에다 아라비아 숫자 3을 거푸 쓰니

백지는 그만 하늘이 되어

새 한 쌍이 날아가고 있다

앞서 날고 뒤를 따르는 저 삼삼한 사이가

성급하고 조급해 보여 아무래도 미심쩍다

옳거니, 저 하늘 밑 어느 마을에서도, 얼크러 설크러져 사람들은 옥시글

옥시글 살아가고, 그 틈바귀에 끼이고 치여, 어린 사랑도 아우당 다우당,

애간장 졸이고 달이던 성춘향 이몽룡이 필시 있었겠다, 로미오와 줄리엣도

왜 없었을라

  그들 중 한 커플이 살아서 감행한 무모한 탈출만큼

  오랜만에 날씨 한번 쾌청하다

  3월 3일 맑은 초봄.

—「3 3」

이 시는 하늘을 나는 새 모양이 아라비아 숫자 3과 흡사하고, 난
다는 의미가 자유를 상징한다는 공유된 인식을 근거로 한다. 그러나
한 시인이 유사한 상징을 반복하면 재미도 없는, "또 그것"이 되기
쉬워서, 마치 숫자 상징이 어느 시인의 브랜드처럼 되어도 안 될 것
같다. 상징의 찾기와 창조적 사용이 거의 대다수에게 공유된 인식을
전제하고 있어야 한다는 점에서, 상징 찾기는 곧 상징창조가 아닌가.

위의 시에서 제4행의 "삼삼한"을 처음에는 "3 3한"이라고 썼다가,
제목과의 일치를 피하고 싶었고, 제3행의"새 한 쌍"도 제9행에서는
"한 커플"로 바꾸었다. 이런 예는 중복과 익숙함을 피하는 방법이지
만, 시가 길어지는 경우에는 지루함을 피하는 낯섬과 엉뚱함의 효과
여서, 통용되는 외국어를 한정적으로 사용하는 경우와 다르지 않을
것이다.

시에서의 상징은 타 예술분야의 상징과는 달리, 시가 언어예술言語
藝術인 동시에 모국어母國語로 쓰인 작품이라는 두 가지를 전제한다는

점에서, 타 분야보다는 더 어렵고 논쟁의 여지도 크다고 본다. 시에서 발견, 사용, 창조해야 하는 상징은 어디까지나 모국어로 된 언어 예술을 보조하는 한정적 한계를 지켜야 한다는 점에서, 시 한 편이 통째로 백지이거나 도표나 음표이거나 그림이어서도 안 되지 않을까? 뿐만 아니라 외국어나 숫자이더라도, 어디까지나 모국어로 써진 우리 한글시의 보조적 역할을 위한 것이어야 한다는 점은, 문학은 해당 모국어를 벗어나면 타국문학이 된다는, 문학의 모국어 중심적 특성을 우선해야 하기 때문이다.

지난 세기의 1988년 올림픽 개최 해에 서울에서 있었던 "한국문학 심포지엄"에서 한국문학의 개념규정에 논의가 분분했다. 한국문학은 모국어인 한국어로 쓰인 한국인에 관한 작품내용이라고 했다. 그래서 재외 동포들이 항거하여 퇴장한 이유인즉, 재외국어로 쓴 작품은 엄밀한 의미에서 한국문학이라고 볼 수가 없다는 개념정의 때문이었다.

한 편의 시 작품에서 모국어 아닌 어떤 상징이 차지하는 부분이 어느 정도일 때 한국시라고 할 수 있는지도 문제로 제기된다. 물론 이때까지 이런 염려에 해당된 작품은 없었지만, 앞으로 어떤 기발한 작품의 거의 전부 또는 상당 부분이 백지이거나, 타국어나 인접 분야의 기호나 도표, 그림, 음표, 악보 등으로 제시된다면, 그런 상징을 언어예술이나 한국문학작품으로 해석 및 용납여부도 예견 논의되어야 할 것이다.

이는 물론 문제제기에 불과하지만 우리 시문학의 미래 전망에서 무시되거나 배제될 수는 없으리라.

추천사 1

아픔과 슬픔의 터널 속의 학생들에게

학창시절 읽었던 유안진의 「지란지교芝蘭之交를 꿈꾸며」를 다시 보았다.

아픔과 슬픔의 긴 터널 속에서 서성이고 있을 다음의 학생들의 마음을 지란의 맑은 향기가 어루만져 주기를 바라며 이 글을 씁니다.

자기 안에 갇혀 있던 ㄱ에게,
말을 잃은 불통의 시간에서 진정한 소통의 시간으로 걸어나오기를

보이는 것에 기죽은 ㄴ에게,
중요한 것은 보이지 않는 것에 더 많이 있음을 알아가기를

보이지 않는 것에 소외감을 느끼는 ㄷ에게,
타인의 시선에 얽매이지 말고 내 안의 꿈을 들여다보기를

그늘 속에서 추워하는 ㄹ에게,

겨울이 지나면 봄이 오리니, 다가올 봄을 위해 준비하는 시간이
되기를

어둠 속에서 출구를 못 찾고 울고 있을 ㅎ에게,

빛의 언어로 다가가 오래도록 간직할 그 무엇이 되기를

성숙한 인간이 되기 위해 시련을 겪고 방황과 좌절을 경험하고
있는 여러 학생들이 만남과 삶과 우정에 대해 깊고 진지하게 생각
하며 이를 극복하는 힘을 얻는다면 참 좋겠습니다. 어둡고 힘든 생
활 속에서도 아름다운 꿈을 꾸며 손잡고 걸어가다 보면 향기로운
앞날이 펼쳐지리라고 봅니다. 코로나19 바이러스가 바꾸어놓은, 마
스크 속의 낯선 시간들이지만 서로를 쓰다듬어주기를 소망합니다.

– 박종명(시인, 예일여자중학교 교장)

당신은 누구와 생각하고 있나요?

　이상한 시대를 살고 있다. 말보다 폰이 먼저인 세상. 흡연예방교육이 아닌 인터넷 중독예방교육이 많아지고 복사기 애써 돌리지 않아도 어서 입력해라 알림을 보내면 된다. 둘이 초딩 때부터 말을 안 했다길래 화해하라니까 마주 보고는 어려우니 톡으로 한단다. 13년 차 국어 선생의 고민은 이것이다. 사람과 사람이 대화하는 법을 가르쳐야 한다.

　아이러니하게도 이처럼 불가피한 첨단의 시대에 우리는 책을 더 읽고 있다. 성적은 안 나와도 책을 쌓아놓고 읽는다는 몇 반 누구는 결국 고등학교에 가서 잘했잖아. 이것은 나의 단골 레퍼토리이긴 하지만 한 주의 독서를 묻는 내게 당당하게 손을 드는 녀석들은 꽤 있어(?) 보인다. 오죽하면 '님의 침묵' 남친한테 톡해서 반응 없으면 사귀지 말라고 내가 농담을 했을까. 전교 꼴찌도 독서목록은 무언가 채우겠다고 판타지 책 한 권을 파고 있다.

가출보다 페메가 문제인 요즘과 달리 학생부 시절 잠복수사로 잡아 온 가출학생이 있었다. "이거 읽어봐." 유안진 선생님을 좋아하는 건 작품들 때문도 있지만 사실 먼발치라도 뵐 때마다 환하시기 때문. 아이들도 그런가보다. 금세 읽고 좋아한다. 잘 읽히는 데다가 울림을 준다가 녀석들의 평이다. 억지로 그 녀석이 감동의 눈물을 흘렸다고는 하지 않겠다. 그냥 느끼는 거다. 생각하고 또 자랄 테니까.

날로 생각이 없는 시대다. 바쁘고 정신없고 캄캄하다. 결국 내일 우리를 살찌우는 건, 오늘 잠시나마 생각할 시간을 갖는 것. 무엇보다 이만—큼 또 자라날 십대 여러분에게 생각의 시간을 선물하고 싶다. 혼자 묵묵히? 아니, 유안진 선생님이 함께 걸어주실 테니 걱정하지 말도록.

최설 (시인, 휘경여자중학교 국어교사)

AOA 찬미의 금수저 엄마 임천숙씨 대담

17세 때 처음 들은 칭찬에 미용사 돼, 20년간 미용실을 갈 곳 없는 청소년의 쉼터로

* 앞으로 남은 인생의 꿈이 있나요

"교도소 봉사를 오래 했어요. 재소자와 펜팔도 하고요. 재소자들이 출소해서 사회에 적응하기가 아주 어렵다는 걸 잘 알죠. 잘못을 해서 들어갔지만, 나와서는 자리를 잡고 잘 살아야 하잖아요. 그래야 내 가족도 안전하게 살 수 있죠. 잘 적응하려면 일이 필요한데 '배운 게 도둑질'이라고 기술이 없으면 또 잘못을 저지르게 돼요. 그런데 미용 기술을 배워 두면 먹고살 수 있을 것 같더라고요. 그래서 재소자들에게 미용 기술을 가르치는 봉사를 하고 싶은데 법규상 가위를 갖고 배울 수가 없대요. 무기가 될 수 있어서. 지금 교도소 안

에서 하는 미용 교육은 가위를 사용하지 않는 기술인 듯해요. 그래서 나중에 나이 들어 방법만 찾는다면, 교도소에 들어가 살면서라도 사회에 나와 써먹을 수 있는 미용 기술을 가르치는 봉사를 하고 싶어요."

* 열일곱 살 가위를 처음 잡았을 때 벼랑 끝에 선 이들에게 이 기술을 나누며 살겠다고 다짐한 결심의 연장선인 셈이다.

* 지금까지 살면서 지키려고 해온 삶의 도가 뭔지 궁금해요.

"저의 롤 모델이 있어요. 「지란지교를 꿈꾸며」(유안진)라는 시예요."

그가 바로 옆 책장에서 낡은 책을 꺼내 왔다. 한눈에 봐도 여러 번 읽은 흔적이 뚜렷했다. 읽을 때마다 날짜와 이름을 적어 놓기도 하고, 형광펜으로 밑줄도 그어져 있었다.

"처음 미용실에서 일하던 열일곱 살에 저보다 한 살 많은 오빠가 이 시를 적어서 줬어요. 저를 좋아했나 봐요. (미소) 이렇게 큰 도화지에 이현세의 만화 '까치'를 본 떠 그림을 그리고 한쪽에 이 시를 적어서 줬어요. 보는데 촛불 같은 느낌이 들더라고요. 이 시처럼 살아야겠다고 생각했죠."

그는 "그가 여성이어도 좋고 남성이어도 좋다/ 나보다 나이가 많아도 좋고 동갑이거나 적어도 좋다/ 다만 그의 인품이 맑은 강물처럼 조용하고 은근하며 깊고 신선하며 예술과 인생을 소중히 여길 만큼 성숙한 사람이면 된다", "냉면을 먹을 때는 농부처럼 먹을 줄 알며, 스테이크를 자를 때는 여왕보다 품위 있게, 군밤을 아이처럼 까먹고, 차를 마실 때는 백작보다 우아해지리라" 같은 구절을 읊었다.

"우리 손님 애들을 대할 때도 아이가 아니라 사람 대 사람으로 대하려고 노력했죠. 여자든, 남자든, 나이가 몇 살이든, 직업이 뭐든요. 어릴 때 제가 일한 미용실 원장님께 느낀 것도 그거였거든요."

*한국일보 논설위원 김지은의 "삶도" 인터뷰, 『한국일보』 2019년 12월 27일에 게재.